杨延文 卷

当代中国美术家档案

●中国画篇

主编：郭怡孮

执行主编：满维起　晋　奕

策　划：晋　奕

中央美术创作院学术主持

华 艺 出 版 社

dangdai　zhongguo meishu jia dangan

zhongguohua pian

yang　yanwen　juan

zhubian: guo yizong

zhixingzhubian: man weiqi　jin yi

ce hua: jin yi

zhongguo meishu chuangzuoyuan xueshu zhuchi

huayi chubanshe

21 世纪已经把人类带入了一个崭新的世界，21 世纪的中国画坛，也随即进入了一个朝气蓬勃、繁荣发展的时代。中国画的创新是时代赋予当代画家的历史重任。从 20 世纪后半叶起，一大批有志于此的画家为实现中国画由古典形态向现代形态的转变做出了可贵的贡献。他们遥接远古，继承优秀的民族文化传统，又用现代人的眼光审视东西方文化，站在时代的制高点上吞吐八荒，容纳百川，广收博取，推陈出新，他们代表着时代主流美术的发展方向。本套书所收集和推介的五十位时代名家都是这个背负着历史重任的优秀美术群体中搏击勇进的骁将，他们分别在中国画山水、花鸟、人物的不同领域中高扬时代精神，在把自己的艺术推向更具现代意义的新阶段的同时，也对中国画的繁荣发展产生了深远的影响，作出了巨大的贡献。

　　在中国美术史上，也许再没有哪个时期在创作自由上能和我们现在这个时代相比，艺术家获得了前所未有的解放。特别是由于"文革"的反衬，这种创作自由更显得弥足珍贵。但是艺术实践本身是无情的，它和其他自然行为一样，遵循优胜劣汰的法则，如果艺术家本身不去珍惜，不去创新，不努力提高自己，不在继承传统的基础上推陈出新，那么，自由越大，艺术性反而越小，创作的自由与作品的艺术性反而会形成反比。

　　中国画所以能独立于世界艺术之林，正是由于其为独特的文化所造就，以独特的品质而存在，尤其是它独特的笔墨精神，极富有中国本土文化的内涵。所以，面对时代的挑战，吸取传统文化的精髓，站在时代文化发展的层面上看待外来的文化，以开放的胸怀有选择地为己所用，以此来丰富中国画的表现语言，体现出时代精神，是时代赋予当代中国画家们的任重道远的巨任，同时这也是推动中国画发展与繁荣的必由之路。

　　我们之所以选择这五十位中国画画家，其理由是：

　　他们都是当代中国画坛独树一帜的一流中国画家。他们的绘画创作所取得的卓越成就，体现、代表了这一时代中国画的最高品位。

　　他们中大多数人同时又是当代一流的绘画理论家。他们的理论来自实践，有感而发，对前人的画论既有发现、探讨，又有自己独到的见树，体现、代表了这一时代中国画理论研究的最高水平。

　　他们同时又都是当代一流的美术教育家。他们德高望重，为人师表，诲人不倦，为我们当代美术教育事业作出了启蒙、奠基、开拓的贡献。我国美术事业在今天能有如此的兴旺、繁荣、名家辈出，与他们的掘井、汲泉、灌溉和培育是分不开的。

五十位画家的绘画理论和他们的绘画作品一样，都是我国极其宝贵的文化财富，它将作用于对五十位画家绘画艺术的研究，作用于中青年画家和中国画爱好者的学习，也将为弘扬中华文化、进一步提高中国画创作质量起着借鉴指导作用。

在这些画家的画论中，诸如对待传统问题、革新问题、中国画发展前途问题、中西绘画融合问题等等，其中有些理论观点，相互之间不尽相同，甚至完全对立，但乐山乐水、见仁见智乃学术中之常事，这样反而有利于学习研究者从他们各自不同的见解中，受到更多的启迪，从而百花齐放，流派纷呈。

此外，除了绘画作品和绘画理论，本系列丛书还选入了有关画家的一些自传自叙性质的文章及生活写真、艺术年表等，以求全方位地展现画家，突出丛书"档案"的特点。纵观当今美术出版市场，可谓是琳琅满目，但真正有较高水准的出版物为数不多，尤其在出版形式上，现行的美术出版物均以平面地介绍画家的作品为主。其实，任何一个画家均是立体地生活在一个复杂的社会中，其生活环境、工作环境无时无刻不在对画家的作品起着重要的影响。我们要了解画家、研究画家，不仅应该通过绘画作品本身，还应从产生艺术的环境、可资追寻的背景入手，通过这些方面了解的画家，才是一个有血有肉的画家。因此，这套丛书的出版，为研究画家，研究其艺术提供了部分很有价值的文献档案，同时，整套丛书的出版也为艺术图书的编辑体例提供了一个很好的范例。

《当代中国美术家档案》是一部综合型丛书，"中国画篇"只是其中一部分。今后，我们将陆续出版油画、版画、雕塑等各个领域的画家作品，以体现当代中国美术家领域的宽广性和广泛性。

我们十分感谢入编的各位画家，他们为本丛书的编撰和出版耗费了大量的心血，做出了艰苦而卓有成效的收集和整理工作。我们正是在这一基础上，才完成这套书的编撰。

此次，中国美术创作院和华艺出版社在合作出版上走出了一条美术专业机构和出版机构相结合的新的道路，此路使艺术家更广泛深入地走进了广大人民群众之间，今后，我们还将沿着此路继续发展下去。

另外，我们也要感谢北京中国民族博览杂志社、北京佳龙拍卖有限公司、北京三哲文化发展有限责任公司的通力合作，在此致以谢意！

由于学识所限，本套书的编撰定有不当之处，敬请大家批评指正，以期在再版时予以纠正。

《当代中国美术家档案》编辑部

序

中国美术创作院和华艺出版社共同推出大型系列丛书《当代中国美术家档案》，这是一件非常有意义的工作。

中国画的发展进入了一个新的历史时期，系统研究中国画创作的现状和代表性画家，有利于推动中国画的发展。近几十年来，中国画经历了大变革、大发展的转型历程，当代中国画在传统中国画的基础上已经发生了很大的变化，形成了自己鲜明的时代特征。这种变化得利于当代画家对传统精神和文化根源的深入挖掘，更得利于他们对当代精神和文化现状的领悟和创造性劳动。

五十位画家的个人档案，组建成一个当代中国画研究的平台。从每一位画家的详实资料中，可以看到近些年中国画发展的脉络，看到中国当代画家们在浪涌波翻的激流中怎样与时俱进，看到他们怎样去探索传统文化的深层基因和表现新生活的强大愿望。把这么多个案集中起来，积点成线，如线穿珠，对中国画的新发展会看得更清，可以帮助我们从宏观上去思考，这也是我们编辑出版这套"档案"型丛书的初衷。

至于每一册书，我们力求全面和立体，从整体上把握和了解画家的观念、创作，以及与其艺术成长有关的方方面面。因为在一个画家漫长的艺术道路上总会有几次重要的选择——在众多的美术风格和艺术个性及技法表现上都有着发展轨迹可循。探索这些，只从画上是难以全面认识的，我们还要从画面之外，从画家的思想、言论、生活、经历等方面来进行全方位的研究。

"画如其人"、"画品人品"这些在中国画论中经常提及的问题，也是我们研究一个画家的切入点。因此，画家的出身、经历、学养、性格、交友等也都应该成为研究的对象。

　　我曾经在所著《花鸟画创作教学》一书中提出了个案研究的七项内容：①时代背景；②代表作品和创作风格；③重要著述；④创作理论与艺术主张；⑤艺术风格；⑥主要承传及其影响；⑦在画坛上的位置与重要贡献。此系列丛书正是基于这样的思考，将美术家的作品作为其人生的一部分加以展示。书中选用了大量的文字，有画家自述的观点，也有他人的评说，有理论的总结，也有经验的介绍，有创作的草稿，也有写生的素材，另外还有画家的个人生活照片，力求比较立体，比较全面地反映画家的艺术和生活，以便对当代中国画家的研究提供详实的资料，也为关注这些艺术家的爱好者们打开一个窗口，让公众走进美术家的生活。这套"档案"正是一种互动交流，将有助于公众加深对画家的认识和对作品的理解。

　　我相信这套丛书的出版，将会受到画家和公众的喜爱，这是我们社会发展的产物，也是推动艺术发展的需要。几年前，出版这样一套详实的档案，还只能是一个奢侈的梦。现在，洋洋大观的系列丛书的出版，将真实的记录下我们这个时代中国画发展的现状。

2004 年 10 月

在塔什拉玛干沙漠 （摄于2004年8月）

丝绸古道　68cm × 183cm　1082年

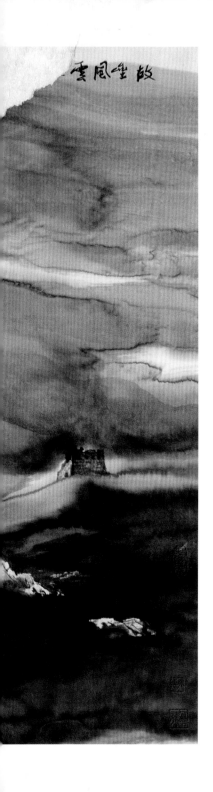

故垒风云　68cm × 86cm　1987年

疏狂权作柏树吟

蒋力

1989年初，50岁的杨延文迁入了新居。这套住房位于北京闹市区王府井附近的一条胡同里，其位置界于两条胡同之间，近旁还有仍在施工的楼群，靠近另一条胡同的一侧，暂时还未砌起中国人颇以为不可少的院墙，从那条胡同出入反倒是舍远求近了。因而，杨延文户口本上的新地址写的是东城区甘雨胡同××号，但他自迁来之日起，每日所走的却是另一条名为柏树的胡同。

为什么要从柏树胡同写起呢？这大概仅仅是一个偶然的巧合。

50年前，河北省深县的一个小村庄孕育了杨延文。此后14年，杨延文在那里度过了童年和少年。那个小村庄和它的名字从此永远鲜活地印在了杨延文的心中。

它叫柏树村。

50年后，杨延文在新画上，每每在"铸剑堂"（他的画室名）之前，添加上"柏树村"三字。这三个字，或许还有这次迁居，勾起了他绵绵不尽的童年回忆。

这时的杨延文，已经是当代中国画坛上声望极高的一级画家，在大型画展上，在北京老字号的画店里，在报刊杂志上，都能时常见到他的作品，海外一些著名的收藏家和画商，关注并收藏他的作品也已有年。在他题材众多的作品中，我注意到两幅画上的柏树。

一幅题为《晨歌》，画的是典型 的京城皇家园林风光：一段红色的宫墙，墙头嵌着黄绿两色的琉璃瓦，墙后隐隐现出模糊的亭台。近处是用墨浓染、用笔乾皴的七、八棵苍郁的古柏，老枝强劲，叶茂森然。一群白鸽栖息在林间，盘旋在枝头，透出一股令人心向往之的勃勃生气。这画面，似乎隐隐传出久居都市的画家的心态。

另一幅题为《小放牛》，这名字很容易让人想起同名河北民歌的旋律。果然，画面上洋溢的也是一片华北平原上的村野景象：平原、河滩、卵石、荒草、蠕动的牛和贪玩的牛娃，还有衬在远方的几棵枯柏。朴实无华，但却情趣盎然。

这大约该被视为人过中年后不可名状的思乡和怀旧情结。

偶然与必然，显然无法泾渭截然。既然如此，我们不能不首先去认识一下京都数百里之外的那座柏树村。

杨延文，就是从那里走来。

柏树村的我家老宅。

一

"燕南赵北一深州"，这里就是古时候的说法，如今，若在地图上寻找，很难判断它到底指的是什么地方，想必此说与我们熟知的"燕赵多慷慨悲歌之士"一语相近，那毕竟是很久很久以前的事了。燕，即现在的涿州；赵，即现在的邯郸；深州，即现在的深县。

与燕赵比肩，足见深州这地界不可小窥。

就是这小小不言的柏树，也有讲不完的故事呢。

当杨延文出生时，这个有600户人家的村庄里，杨姓人家占了二分之一，几乎住满了村子的整个东北部分。据说姓杨者如此之多，是与祖上有关的。相传明成祖的御前护卫姓杨，他随军扫荡叛乱，战死洛阳桥之前，曾路经此地，丢下了一家老小，家人们从此开始在这里生息繁衍，到

柏树村的我家老宅。

了500年后的杨延文这一代。已经是那位御前护卫的第20代后人了。

流传在附近的历史传说，可以一直上溯到两千多年前的东汉，其中最有趣的大概是王莽追刘秀的故事。据说王莽率兵追赶刘秀至此，刘秀已近穷途末路，忽然，两军之间陡发大水，阻隔了追兵，王莽无奈，刘秀大喜，叩谢苍天，连称"得朝"，始有得朝村之名，并沿用至今。而水的那一边，便唤作了大流村。

柏树的名字是不是因为村里的柏树之多而来呢？仿佛没有人考证过这个问题，也没有这个方面的史料，反正，直到杨延文出生后，村外的柏树依然很多，那是孩童们玩耍的极好去处。几十年后，家乡成林的柏树几乎一棵也没有了，但却神奇活现地一次次晃动在杨延文的笔下。

柏树的精灵一次次催苏、唤醒

了这位画家的灵感。

出生在这块土地上的人，不免都带有几分豪气，杨延文也不例外。刚刚6岁时，他就敢赶着牲口，陪妈妈到姥爷家去；8岁时他已经扶住犁，吆喝两头牲口耕一圈地；20多年以后，他因此到内蒙牧区出差，竟还骑上一匹烈马，非常过瘾非常惊险地跑了一趟，直令那些骑手们目瞪口呆。回忆少年乐事，他最得意的一是游泳，二是打架。游泳瘾头之大，到了逢水必下的程度，最为精彩的一次，是一个猛子扎下去，捞起了别人掉入水里的一只秤砣。打架则总是要占了上峰为止，只要能赢，拳打脚踢，抄拐子使绊，能会的招儿都用上。不久前，笔者听杨延文讲述这段童年旧事时，忽而联想到他的绘画技法，看来，他在技法上的不拘一格，倒可能是自动形成的秉性。

出生的年代是无法选择的，杨延文生在中国现代史上一个相当动乱的年代初始。他的家乡，恰恰圈在来自东邻国的军队（俗称日东鬼子）进行五一大扫荡的范围之内。那是国土沦丧，家破人亡的危难之际，村里的男人都放下了做手艺的家伙，抄起了抗敌的武器。延文的叔叔当了八路军，爸爸成了担架队员，留在家里和村里的只剩下妇孺人家。5岁的延文已开始懂事了，他记得，满村的年轻媳妇都用锅灰涂黑了脸，听奶奶说，那是怕被日本人逮住遭受凌辱。两年后，日本人投降，深县很快成了解放区，那些壮年和小伙又放下枪，回村种地去了。这里的百姓太本分，他们舍不得这块生养之地，更不会奢想到，若攥着枪杆子继续往南打下去，未来的前景肯定更加美妙。他们认定，除了种地务农，凭着个人的手艺，这日子满过得去了。

一方水土养一方人，况且，人又都是不肯闲下来的庄户人，所以，杨家的日子还是相当殷实的，已经开始上小学的杨延文也因此很少去干庄稼活。当然，这还有另一个原因，在日本人大举扫荡的日子里，延文的弟弟不幸而死，家里的老人于此不无迷信地认为，延文这孩子命大，索性顺理成章地把他名字中的"盐"字改成了"延"。渴望生命延缓的欲望，该是人所共有的本能意愿吧。

如今，评书已成了每日必有的电视节目，倒退几十年，说评书却是最大众化的平民文化生活内容。那时没有电，只有月光和灯光，至多加上一盏马灯的夜晚，何以驱尽人们的寂寞和单调？杨延文记得，从10来岁开始，晚上的时间他大多是听村里的老人说评书，说白了，就是讲故事。

封神演义，三国演义、三侠五义、聊斋……这些流传了千百年的历史故事和民间传说，化作魅力无穷的语言，和想像中传神的形象，第一次渗进了他的脑袋瓜。让他迷惑不解的是，这么带劲的故事，为什么老师不在课堂上给他们讲讲呢？真该让老师们也来听听。

除了听说书，他喜欢的另一样热闹事是看戏。一听说周围哪个村子演戏，他早早地吃过晚饭，跟着几个伙伴就跑了，戏不散是绝不会回家的。村里也有个戏班子，人家说他脸盘儿秀气，可以扮旦角，他居然毫不胆怯地粉墨登场，试唱了两回。他发现，戏里的那些故事也同样吸引着他。

偶尔，他高兴了，忽发奇感，便用石片、树枝什么的当工具，在墙上胡乱涂抹一番。反正是土墙，不会因为多了这么一两幅"壁画"而有碍观瞻。

受此启发的倒是延文的父亲，他从集市上买回毛头纸，硬把儿子拦在炕上，逼着他开始练习毛笔字。一张字帖放在旁边，一笔一笔地照猫画虎，用当地话说，叫作"写仿"。柳公权、赵孟、颜真卿……这些书法大家的手迹该是使杨延文成为一个画家的早期启蒙吧。若干年后，杨延文

母亲在聊天。

母亲和长女、次女。

由画油画改为画中国画,线描之游刃有余令人吃惊,这与他少年时即开始练字是很有关系的。

少年的时光随着高小的毕业结束了,一天,住在北京门头沟的二姨回村来探亲,父亲无意中和二姨提起:延文这孩子挺聪明,能不能找个机会让他去北京上学? 二姨想了想,说可以试试。

长辈们说这些话时,在一旁的杨延文心中还没有北京的具体形象。来到世上的十余年间,他最远只到过离家 20 里地之外的姥爷家,若有机缘,他很想到外面去走走,因为他毕竟不知道,外面的世界到底是精彩还是无奈。

外面的世界,该是一个什么样的世界呢?

二

遗憾的是,我们没有见到而且大约再也无法见到杨延文在北京郊

1971年，父亲和长女在柏树村老宅。

区上初中时所画的画，虽然我始终相信，他那时的画，技巧肯定相当稚嫩，但一定充溢着尚未涉世的纯美和天真。

当个头不高的杨延文背着一个布包袱告别家人，只身迈上通往京都的路途时，他并没有意识到自己将走向何方。最现实的问题则是眼前的路并非一马平川。

这是1954年，二姨已替他在北京门头沟的一所中学报了名。是时，由于河北境内发水，冲垮了铁路，寄出的考试通知书在路上延误了一个来月才送到深县。杨延文拿到这份来自北京的通知书时，距离考试只剩下短短三天的时间了。他欣喜若狂，收拾好简单的行装，跟着大爷步行了200里地，到了津浦线上的德州。大爷陪他买了火车票，送他上了车，目送载着他的火车渐渐远去。

此刻，第一次远离父母、独自进京的杨延文，心中荡漾着无限的憧憬和幻想，许久以后，他才知道中国有那么一句古话，叫做"父母在，不远行。"但在当时，他绝对没有心思也不懂得去注意双亲，还有更疼爱他的奶奶，对他远行是伤心的快乐还是快乐的伤心。

火车抵达北京，停在而今已无处可寻的前门火车站。走出站来，杨延文首先看到的是好高的前门楼子，但这不是他的北京。几乎可以说，这座都市，对任何一个初入其门的外地人，都不太宽容，无论是毛泽东还是沈从文，京都留给他们的第一印象都不美妙。何况眼前这位布衣少年？

杨延文又坐上开往门头沟方向的公共汽车，一路上，都市风光目不暇接，他却想着明天就要应考的功课。

北京郊区仍在发水，汽车开到石景山模式口时，公路被水淹没，已经无法继续行车了。司机告诉车上的乘客，或者坐这趟车原路返回前门，或者下车自己想办法。杨延文不声不响地下了车，毫不含糊地朝前走去，不一会儿就消失在斜风细雨之中。他的念头很简单：我今天必须走到门头沟。

他沿着铁路边打听边走，没有伞，没有雨衣，也没有同路人，只有目的地一盏闪亮的"灯"，有力地吸引着他。

次日清晨，杨延文准时走进考场。这时，他身上穿的是嫂子给的斜纹列宁服，脚上是一双女式方口布鞋。

录取杨延文的这所中学是现在的门头沟大峪一中，最早为北京第9中学分校，杨延文上学期间，改为北京第52中学。学校依山傍水，背靠九龙山，斜倚永定河，近旁的稻田里，海棠树叶葱郁，粉花妖娆，衬托在远处的背景是一座古朴的土桥，真是好山好水好风光。

这是作为初中学生的杨延文刚开始画水彩时落在他笔下画面上的景致，恰似那时他清纯如水的心灵。

不久，学校里一位名叫邱正锦的美术教师用他循循善诱的教学方法和体贴入微的关怀，悄悄打开了杨延文的心扉。

30年后，杨延文和我谈到他在大峪一中上初中那段经历时，不无怀恋地提到了邱老师。我没太在意他是怎样描述邱老师的形象，唯一记住的只是他所说的那么一句话："邱老师是个典型的文职军人形象，蓄了一抹密密的白胡子。"

可以说，邱老师自从发现了杨延文对绘画的兴趣之后，就开始对这个土气中冒着灵气的学生另眼相待了。他指点杨延文如何写生，如何画水彩，指定刚上初一的杨延文当上学校美术组的组长，每逢星期天，还把美术教室的钥匙留下来，为延文画画提供了尽可能多的条件。三年之后，也是这位邱老师，执意动员杨延文报考艺术师范学院预科，这样一方面可以得到深造机会，继续学画，另一方面也可以解决生活和升学的后顾之忧。邱老师的一番苦心，少年好胜的杨延文未见得全都能理解，他当时只想着继续上高中，考名牌大学，然后当一个出人头地的作家。他为自己的未来勾画了一团美丽的祥云，正如唐代诗人李商隐之诗曰："少年心事当拿云。"

后来，还是邱老师作主，替杨延文要来了艺术师范学院的报名表。他凭自己的经验断定，这个学生在绘画上的潜力是不可限量的，他的水彩画在全市少年儿童绘画比赛中，在赴南斯拉夫、印度的少儿画展中，反响都不错。如果半途而废，实在是太可惜了。

三年里几乎没有回过深县老家的杨延文，已经把邱老师当作一位父辈的亲人，他遵从邱老师的意见，认真填好了报名表。考试那两天，邱老师把他带到城里，让他住在自己并不宽敞的家里。邱老师的女儿像大姐姐般地照顾他，晚上，帮他打来洗脚水，提醒他别忘了洗脚，之后，才到别人家去借宿。

邱正锦先生曾被评为北京市优秀教师。后来受到极不公正的待遇。在他跌入生活低谷、窘困之际、甚而动念了此余生时，杨延文不忘恩师启蒙之情，买了葡萄酒和烧鸡去探望他。师生抵膝举杯小酌，共话当年，老人感动得唏嘘不已。

老人晚年落实政策，从徐州回到北京之后，立刻让家人帮他去找当年的学生。这时的杨延文，已经调入北京画院，成为一名专业画家。学生的成才，被老人视为其生命乐章中一个辉煌的音符。

1984年，邱正锦老人去世，享年84岁。

1987年，杨延文在北京中国美术馆举办个人画展。那里，距他30年前报考艺术师范学院时住过的邱正锦家，不过咫尺之遥，看来，这也是冥冥之中尚未脱解的一种缘份吧。

三

五十年代末期的北京艺术师范学院位于北京城什刹海西侧的恭王府。按一位红学家的考证，这里即曹雪芹《红楼梦》中大观园的蓝本。这座占地面积和建筑规模都相当可观

青春留影 （摄于 1959 年）

的王府，解放后始终与艺术有缘，并被定为全国重点文物保护单位。

顺利考入艺师预科班的杨延文，在1957年之后的6年里，受到了良好的专业教育和扎实的基本功训练。

一个农家子弟，从郊区的中学考入市内的大学，昔日满目青山绿水的自然风光，而今则是规整严谨的庭院建筑，反差之强，使杨延文有如初进大观园。慌乱是暂时的，这个异样的环境同时仍具有稳定和吸引人心的力量。

当时的恭王府，还未盖起如今的这两座教学楼。进大门一直朝里走，拐向左手，登上几级石阶，迎面见一悬着"天香庭院"匾的垂花门，院外有翠竹掩映，院内有丁香翘首，一方上水石盆景卧居院中。这个廊庑围接的院宇，足以养性怡情，杨延文的读书处恰恰在此。

图书馆就在隔壁。高墙深院内，读书自怡然，杨延文闲来即往图书馆跑，一头扎进去总要待闭馆才肯出来。此后几年里，他一边学油画，另一边则乐道练书法，他从临赵孟頫、黄庭坚的字开始，最后看中的是颜真卿的行书《争座次帖》。颜鲁公的行书遒劲郁勃，古法为之一变，开创了新的风格。杨延文此刻的习字已不再若少年时的照猫画虎，他从颜真卿勇于求变的字体中，体味到那种继往开来的胆识。正因为此，他即使是在尔后主攻油画的几年里，也没有拒绝继续接受民族传统文化的熏陶。三年预科，油画、国画、水彩、素描……诸科教学并行不悖，学生们也不可能在这个阶段就开始吃偏食。20年后，人们面对杨延文的山水画作品，只会认定吴冠中先生对他的影响实在不算小，大概绝不会想到，当初他也曾认真地学完了俞致贞先生的工笔花鸟课程。

预科结业后，是一次老师选择学生与学生选择老师同步进行的双向选择，这一双向选择，把杨延文和他后来始终尊为先生的吴冠中教授紧紧联系在了一起。这时，学校已改名为北京艺术学院，油画教学部分为三个画室，第一画室的教授是卫天霖先生，第二画室的教授是李瑞年先生，第三画室的教授是吴冠中先生。前两位先生而今均已作古，有关单位在近年内相继举办了两人的油画遗作展；吴冠中先生则依然健在，虽届古稀之年，作画、论画相兼，均为高产，教学收获亦相当可观。

对五十年代末期美术院校的学生来说，油画的诱惑力是不可抗拒的，这不仅因为它是一个外来的画种，而且因为它有较强的感染力和表现力，比中国画更贴进年轻学生的心。初生牛犊们渴望在画布上淋漓尽致地一抒激情，也可以让人理解。当然，即使选择了油画，学生们对曾分别在日本、比利时、法国三个国家留学的三位先生还是各有偏爱，杨延文之所以立志追随吴冠中，就在于他已被吴先生对形式的刻意追求所倾倒。

杨延文清楚地记得吴冠中先生给他们上的第一堂课：静物写生。一块蓝色的印花布上，摆着一只琉璃釉罐子，旁边是几个青苹果，吴先生的提示是不做任何硬性要求，爱怎么画就怎么画。杨延文画这幅写生时，用了较纯正的色彩和严谨的造型，吴先生看过后点头称允道：非常纯正，60度的白干（酒）就是60度。杨延文由此想到上预科班时在练色彩方面所花的功夫，这种毫不掺假的酣畅淋漓的表现方式被老师首肯，也增加了他的自信。

然而，基础尚未坚固的自信是并不稳定的，一次画仰卧着的人体，杨延文刚刚起完稿，吴先生就不让他画了。他百思不解，只好抬起头认真向吴冠中请教。吴先生言简意赅地告诉他："一幅画的完成，不见得看你画了多长的时间，而是要恰到好处，画出感情。"听后，杨延文反复品味，恍然悟道：美，不一定完整，但一定要有激情，有感情色彩，才能称之为美。

上大学二年级时，杨延文见识了一次大动肝火的吴冠中。

那是杨延文正在画一幅少女半身像。做模特儿的少女身穿花布衬衫，身后是一丛牡丹花，本来很明丽的色彩，到了画上，却怎么也鲜亮不出来。尽管杨延文又用刀又用笔，又是块面又是结构，画面上出现的还是一个灰调子，连杨延文自己看着都别扭。他没有意识到，另一位任教老师赵域的油画风格，因课上课下的耳濡目染，潜移默化，日渐渗透，也已影响了他的观念。两位教师截然不同的两种油画风格，正在他们的学生身上撞车。

这时，吴冠中走过来，看了看画，什么也没说，操去刮去了一些不纯的色彩，接着径自画了几笔，先生离去后他仍觉得不舒服，他也刮去了吴冠中先生刚刚画过的部分。没想到，不一会儿，吴冠中先生又转了回来，一见此状，立即恼火地责斥杨延文："怎么回事？太不象话了！"一瞬间，在场的人都愣住了。

当晚，吴冠中同两位与杨延文关系较好的老师谈及此事，言下之意颇担心他白天的发火会使学生怨他不留情面，而他的确是恨铁不成钢，

30

在恩师吴冠中书房留影 （摄于1990年）

只希望学生们把画画好。两位教师素知吴冠中爱才心切，立刻找到杨延文，转述了吴先生的意思。杨延文恍然明白了自己的偏执，他痛感内疚。自上中学以来，他多年只身在外，周围的人也很少有如邱老师那样给他以父辈的教诲和慈爱。吴先生发火后虽未直接找他再解释，但是让他感到了一种情感上的抚慰。

社会上的风风雨雨，多多少少要在艺术院校的水洼里溅起一些涟漪。印象派这一方绘画中的流派，对现在的中国人来说，已不是什么稀奇神秘或反动的东西了，但在五六十年代，却根本不允许在课堂上提及。今天看来，这一禁令颇显得荒唐和滑稽，而在当时，对曾在诞生了印象派的国度留过学、在印象派的真迹面前徜徉过的吴冠中来说，这禁令更让他疑惑不解。偏偏学生们对只闻其名未见其形的东西甚感兴趣，渴望了解印象派的心情一如嗷嗷待哺的雏鸟。两相呼应，一拍即合，吴冠中带着学生们进了故宫博物馆。学生们绝没想到，吴先生居然让他们在这隐隐散发出霉腐味的国宝环拥的皇家宫殿，品尝到了西方印象派的滋味。

吴冠中指着一幅金农的册页梅花，开始给学生们讲课：这幅小品一反常规，画面上既无勾勒花瓣的线，也无表现花蕊的点，满纸撒开错落有致的淡墨点痕，其间穿插几笔焦墨干枝，便予人"暗香浮动月黄昏"的梅花意象画境。其实未必黄昏，也许清晨，都是刹那间的朦胧印象。印象派代表画家莫奈等人在探索色彩表现力的同时，直扑新的美感、挥毫与涂抹之快感、瞬息消逝之神秘感……

吴冠中转而又以潘天寿的一幅水墨画与勃拉克的一幅静物做比较，让学生们理解其中对平面分割和组织结构的不谋而合，他意在证明造型艺术的世界性和东西方艺术中精华成份的同一性。

真难为了吴冠中。他的教学方式虽然顺理成章，旁征博引，却未见得不是环境所迫，煞费苦心。

不能不承认，这种在当时独树一帜的教学方式，颇带有"比较美术"的味道。比起近五年间比较文学理论的西学东渐，吴冠中的意识至少超前了20年，况且，还有更可贵的一点，这就是他在创作上对这种观念的身体力行。

这不能不让人想到吴冠中的师长林风眠。

也不能不让人想到吴冠中的学生杨延文。

20年后的1984年，吴冠中在为杨延文的第一本画册所作的序中写道："林风眠老师披荆斩棘启示了我们这条艺术之新路,受益的岂止一代人,杨延文亦在这马拉松竞走中接过了火炬,中西结合的火炬。"

此刻,历经磨难的林风眠老人已是84岁高龄,寂寞耕耘了一个多花甲,移居香港后,依然在默默地不断种植、嫁接,他很少应酬,香港人也不易找到他,然而,人们从林风眠的新作中发现,图画不随年龄老,色彩倒更为斑斓,他挥写涂抹,全无拘束,情趣愈加天真豪放。

五年后的1979年仲伙之际,由荣宝斋举办的杨延文画展在香港展出。

香港,你这曾被称为文化沙漠的弹丸之地,如今竟一次次吸引和汇聚了来自东西不同方位的文化星辰。那么,一位被视为"接过了中西结合的火炬"的中国画家,在这里会生出什么新的意念呢?

杨延文作品集　吴冠中

油画《雁翎队》草图。

四

在一幅横幅的油画上，一条小船居中，船上的六个人神色各异，有的欲拉枪栓，有的正在划船，警惕的目光都注视着前方，船后纵深处是丛丛芦苇，苇塘中隐约可见后面的船只。

写实的风格，造型的考究，使这幅油画散发出苏联油画的味道。

这是杨延文的毕业创作《雁翎队》，反映了华北白洋淀一带的人民抗击敌寇的英雄业迹。为了创作这幅作品，杨延文两赴白洋淀收集素材，还结识了当地的一位雁翎队队长。那些发生在家乡附近、他少年时就屡屡听说过的战斗故事，激发了他的创作欲望。赵域老师时常讲到的列宾等俄苏画家作品的史诗风格，则奠定了他这幅画的创作基调。在六十年代初期，这样的创作手法是被大力提倡的，20年后，中国的美术院校里仍有一些油画教师恪守着这种创作模式。

杨延文的《雁翎队》受到了老师们的普遍赞扬，他的毕业成绩被评为4+，位于同届毕业生中的前四名行列。那一年，他23岁。

毕业后，马上面临的就是分配去向的问题，留校、去哈尔滨、参军赴藏等诸多设想被一一否定之后，他来到北京酒仙桥中学当上一名中学教师。

这一干，就是整整15年。

他除了教美术外，在中学工作期间，还担任了班主任，陆续教过历史、语文、政治等。也许是工作的需要，他开始有意识地从各个方面去猎取知识，他的兴趣转向了文、史、哲，一本本大部头的著作，慢慢融入了他的灵魂。

历时10年的文化大革命转瞬即来，杨延文和所有的中国人一样，统统被卷入这场政治浪潮的漩涡。当20年后他回忆文革留给他最深刻的感受时，他说：知识分子自己整自己，毫不留情地你整我来我整你，是最令人心痛的。

让他回忆时可以坦然地宽慰自己心灵的是在那狂热的岁月里，30来岁的杨延文没有写过一张大字报，更难以想象的是，别人若是贴大字报找他

1965年与爱人杨宁玲结婚时的留影。

寻衅，他必定要抓住贴大字报的人，让他立即揭下来。其实，这正是杨延文的秉性，况且，他还处在那么一个血气方刚的年龄。

中国历朝历代，总有那么些津津乐道于男女之事的人，文革中亦不乏。在这所中学里出现的一张大字报上，指责杨延文带美术小组活动时曾说过"处女不好画"的话，显而易见是一种穷极无聊的渲泄。杨延文确实和学校里的美术小组一起活动过，一次，别人让他给一位女学生画肖像，他没有答应，回答的理由是："少女没特点，不好画。"就是这么句话，一经演绎，少女便成了处女。人呵，联

想之丰富与用心之良苦(姑且不称之为恶毒)于此可见一斑吧?

杨延文不留情面，当场对质，贴大字报的人无言以对，灰溜溜地揭去了自己的"杰作"。

现实生活展现了与课堂和书本知识极大的反差，现实生活逼迫也督促着杨延文自强、进取，不放过每一个拼搏的机遇。即使是在非同寻常的年代里，杨延文也没有丢下画笔。1972年，北京市举办了自文革以来的首次美展，《白洋淀女民兵》和《风雪草原》两幅油画入选，引起了美术工作者的普遍重视。有关单位当即表示，欲调他到画院从事专业创作，学

校方面却认定他工作出色,不肯放行。直到1978年,落实知识分子政策,专业人员得以归口,他才名正言顺地调进了北京画院。

40岁的杨延文,欣喜若狂地走进北京地安门沙井胡同那个古旧的四合院。这一瞬间,他绝没有想到,迎接他的是什么样的神情!

油画作品《风雪草原育新人》1973年参加北京市美术作品展览。

五

与今天雨后春笋般遍布全国各地的大小画院相比，北京画院的历史可谓悠久了。五十年代初期，包括齐白石、于非闇等人在内的一批资深的老画家，为它奠定了雄厚的基础。时光推移到七十年代未期，一批年富力强的中年画家陆续调入，原来年轻的小字辈也进入了中年，使画院画家的年龄成分出现了很大变化。

我不知该怎样描述沙井胡同四合院里的人们，可以说那里藏龙卧虎，但几十年未能脱颖而出者，为数并不少见，这也是事实。

以油画引起人们注意的杨延文，来到画院之后却明确要求进国画组，这无疑是对以国画创作者为主要阵容的北京画院的一个挑战。

顿时，各种各样的目光扑面而来，潜台词虽未出口，却也明显之极：

——你会画国画吗？

——你能画好国画吗？

不能不承认，文革虽然已经结束了，但它留下的后遗症，它给人们造成的心理变态，仍在时隐时现地发作。

杨延文毫不含糊，更没打算退让，他的回答又一次显示了他的个性：

出水才见两腿泥，你们过一个月来瞧我的作品吧！

这"出水才见两腿泥"，是小说《红旗谱》中朱老忠的口头禅，殊不知，它更是杨延文家乡附近一句尽人皆知的"方言"。

杨延文没有走国画从笔墨搞起的老路，他受吴冠中先生的启发，用油画的手法画国画，会什么技法就先运用什么技法，首先展现了自家才华。数月之后，他的一幅题为《翠屏织锦》的山水画新作，获得了建国30周年全国美展的三等奖，而且是北京市参展的山水画中唯一得奖的作品。

这幅以石绿色为主调的新画，描绘了祖国西南的田野风光，斑斓明丽的色彩使画面上的竹林别具神韵。聪明的杨延文以已之长，巧妙地掩饰了当时他还不擅长的地方。10年后我读这幅画的印刷品时发现，他那时用墨用线都远远不及今日娴熟，而那时擅用的大面积铺彩，在近期的画中则已不大常用。

但这显然都是后话，在当时的北京画院乃至北京美术界，《翠屏织锦》引起的反响还是颇耐人寻味的。

对杨延文调来画院始终予以有力支持的画院副院长，老画家崔子范表示：我喜欢杨延文的画和他的灵气。

北京市美协负责人，后担任画

院副院长的油画家刘迅说：杨延文的四川之行的写生作品是对中国画的贡献。油画、水彩技法和色彩的运用，解决了中国画中用色的一些问题。

画家石齐说：杨延文冲破了画院这潭死水，告诉人们中国画还可以这样画。

还有一个声音不无贬意：这是水彩国画派，特点是色用的好。杨延文是个"好色之徒"。

毁誉参半，对杨延文可说是一种激励，他继续发挥以我为主、兼用众家之长的优势，基本上把握住了自己的主攻点。他的新作开始逐渐令人刮目，画店主动找上门来收购，院艺术委员会聘他担任了委员，1982年又担任了院壁画工作室主任……

1983年，他的山水画《江村疏画》获意大利曼齐亚诺国际美展金质奖。一瞬间，众人瞩目。

当发奖大会在北京饭店召开，当他接过了设计古朴的奖牌，当掌声包围了他时，倏尔之间，他冷静清醒。

沉甸甸的金牌给他带来了沉甸甸的思考。

其实这幅《江村疏雨》的题款是"清江一曲抱村流"，画的是广西阳朔风光：远山氤氲在一片晨雾中。比之四年前的《翠屏织锦》，色彩更趋向于沉稳，这主要得力于饱满的墨的铺

中国画作品《江村疏雨》。

衬，显然，这幅画的用墨比《翠屏织锦》远远迈出了一大步。

杨延文心里十分清楚，这并不是他当时最好的画，但得到了世界的认可这一点足以证明，小个子的中国人可以打败大个子的洋人，中国画家拥有在艺术领域内与外国人一比高低的能力，不断发展的中国画，未来是光明的，他坚信，他选择的油画与国画之间的这条小路，终有一日会拓展成让人瞩目的大道。

但对他来说，仍有一段需要冲刺的距离。

画院里不是还有人耿耿于怀，甚至说他想要当官吗？在不能不承认他的艺术实力的同时仍在抵毁诬陷他吗？也罢，他拂袖辞去了壁画工作室主任的职务，为下一步冲刺作准备，他迈上了新旅途。

一年之后，吴冠中先生在为《杨延文中国山水画集》创作的序文中写道："杨延文的一幅《江村疏雨》在意大利一次国际美展中获得了金质奖，这幅画并不算他的最佳作，比不上他的《青海湖畔》及《丝绸古道》等作品，金奖确乎是奖给了新品种的诞生。杨延文又开始追求画面的运动感，重视块面的波动及线的节奏。线的组合在油画中学得不多，于是他又钻研传统，以弥补在校时学习的不足，他象

海绵一样善于吸收，逐步汲取各家之长。"

此刻，杨延文大概正在云游四方吧。

六

实际上，杨延文调到北京画院之后，就已选定山水画作为自己的主攻方向，这显然与师承吴冠中先生有直接关连，但此时除了这一层师承关系之外，有利于杨延文的因素似乎并不多。在追叙了杨延文青年时代就学北京艺术学院的经历之后，他的毕业创作《雁翎队》已在我们印象中留下了痕迹，那幅画及他后来画的《白洋淀女民兵》和《风雪草原》，都属于典型的人物画。由此过渡到山水画，显然面临的是一个相当大的跨度。由于多年在中学工作，杨延文极少有出外写生旅游的机会，成竹尚未在胸。但更直白的道理是，坐在家里闭门造车，或是炒古人剩下的冷饭，等于跟他人背后亦步亦趋，固然可以在笔墨技巧上斟酌推敲，但绝不会出现今日的杨延文。

读万卷书，行万里路，杨延文在努力钻研传统的同时，开始了他的几次写生旅行，开始去领略大自然山山水水无言的教诲。

从1979年到1982年，不到三年的时间里，他两赴四川，两次所得却有轩轾之分。前一次游览了长江三峡，归来后也画了三峡，但他发现，大凡画家，几乎都到过三峡，山水画家中画过三峡者更为众。题材的同一限制了画家的创造思维，在这样的桎梏中，很难设想能画出一幅立意卓然的三峡。完全照景写生则更没出息，照相机已经可以在百分之一秒的瞬间留下更真实的三峡。

然而，冲出山谷的三峡给了他精神上的启迪和鼓舞。从青藏高原发源的长江，最初不就是涓涓细流吗？谁会想到它能在山间劈开一条通天道？谁不惊叹它冲出峡谷之后成为一条日夜奔流的大江？丰厚的艺术传统和前人及同辈的创作成就，莫非就象这横亘巴东的崇山峻岭，不冲出去便无法脱颖而出？

当然，冲出峡谷的长江，未见得此后的流程就是一马平川，几十年前，一位伟人就曾用诗描绘了华中重镇武汉在地势上对长江的钳制——"烟雨莽苍苍，龟蛇锁大江"。

但长江毕竟滚滚东去，奔向大海。

艺术法则的出现，或许大多是受到生活和生态的启示吧。

第二次赴川时，杨延文坚决不走老路，不走人们习惯走来走去的旅游线路，却乘汽车跑遍了川北和川东的大部分地区，其中包括后来名声大噪的九寨沟和邓小平同志的故乡广安。

他在旅途中绕开别人的足迹也审视别人的足迹，体味古人的感觉也寻找自我，捕捉新的物象也尝试新的艺术语言。"为之于未有"，连对老子这句话，他也不肯苟同名家的诠释，而宁愿认可它最表层的含义，以鞭策自己创作出新的艺术作品。后来，这五个字刻在了他常用的一方印章上。

在两次赴川之间，他的另一次值得回味的写生是青海之行。

按说，他写生的着眼点首先应放在江南，那里不仅有旖旎的景色，也是他的恩师吴冠中先生的故乡。即使是没到过江南的人，看到吴冠中笔下的江南水乡、民宅、疏林，也会怦然心动、为之陶然的。杨延文未尝不知道这一点，但处于刚刚转向山水画的初始阶段，他十分警惕自己的作品不要染上不必要的纤细，也尽量避免在山水意象上与前人的重叠。日常读书，他往往不在意字斟句酌，但《蕙风词话》中的一句话，对他却有如醍醐灌顶—"天分聪明人最宜学凝重一路，却最易趋轻佻一路。若于不自知，

又无师友指导之"。求凝重，忌轻佻，成了他日后时时律已的格言。

润含春雨的江南暂时还不属于他，"日出江花红似火，春来江水绿如蓝。能不忆江南？"诗固然美矣，却不是此刻的杨延文该去吟诵的。而吴冠中则是江南的孩子，他曾到过遥远的西方取"经"，也曾走遍祖国的山川，晚年常画江南，当视为眷恋故土的抒情诗。

"黄河远上白云间，一片孤城万仞山。"这边塞之景已经够壮阔够悲怆了，但那不过才写到甘肃武威一带，踏上西行之途的杨延文，索性一直向西，走到了青海境内通火车的终端格尔木。从未见过这般苍茫的天地，这般阔大的境界，置身其间的片刻，留下了长久的沉思：能包容下这样的大自然于一身，该是何等气吞宇宙的襟怀！

《江河源头》等作品是他此行归来之后的新作，也未必不是他创作转折的起源。

为了准备个人画展，之后的几年里，他下江南上太行游漓江，走马观花，"轻舟已过万重山。"一颗游子之心却依然牵挂着给了他生命雨露和倔强性格的家乡。

当这批相当成熟的作品问世时，笔者曾以这样一句话予以评论—"至

庐山仙人洞留影。 （摄于1977年）

此，杨延文找到了一种属于也适合自己的平衡的文化心态。"

1987年6月下旬，"杨延文画展"在北京中国美术馆展出。十分喜爱国画、书法艺术的方毅同志不仅为画展题字，还亲自为画展开幕式剪了彩。展出的70幅墨彩画，都是杨延文近七八年间的新作，其中12幅作品被中国美术馆收藏，刘开渠馆长在开幕式上向杨延文颁发了收藏证书。

这是本年度里一个轰动京城的美展，在为期两周的时间里，观众始终络绎不绝，观赏、临摹、拍照者皆有之，首都各大报刊纷纷报道画展消息或发表了评论文章。

时过境迁，笔者撰写此文时，距那次画展已两年有余了。这两年中，你方唱罢我登场，美术馆内不知又举办了多少次个人画展，但一想起两年前的"杨延文画展"，我仍然难以克制自己的兴奋，这大概就是因为在比较中能更清楚地看到了杨延文的艺术个性。

在这个画展中，首先让人感受强烈的是杨延文对意境的追求。如果可以承认，力透纸背之说不仅仅是指技巧精湛的话，我则以为它还包容着一层弦外之音。换句话说，杨延文已经超越了简单的对景写生和机械重复的绘画层次，提炼、凝聚成了画中有话（思想）的山水意象。

《故垒风云》、《关山月》和《喜峰口》等作品画的均是长城，这也是读者极熟悉的一个题材。能在这类众人熟知的题材上有新突破和独创，可证明一个画家自身的存在价值。坦率讲，这是一份并不太容易应付的试卷。姑且不论《喜峰口》和《关山月》如何，仅以《故垒风云》而论，杨延文的功力和意念已经相当出色了。他绕开了大众谙熟的已经转变成旅游风景地的长城景色，他的目光久久凝视着大漠孤烟中的断壁残垣，他从中发现了难以名状的阔大气势和厚重沉雄的历史感。

他以浓而不滞的墨色绘出峰峦，以清而无痕的墨色泼写风云，天地之间，风云与峰峦之间，勾勒了一远一近两座烽火台，几乎没有用线，却处处充满动感。他显然是在追求块面大动荡的效果，使之与以往同类题材的国画拉开距离。"故垒风云"四个字的提示，让我在陷入沉思之际，不由得吟起"秦时明月汉时关"的诗句。

当我的目光随着他的画笔走向江南时，顿时感到那江南的景致也注入了他的哲理意念。偶尔能见到他画的典雅精巧的苏州园林小景，但他更爱画的是山寺、土墙、农舍、石径，是江枫渔火和青青新荷。与士大夫情调对照鲜明的是，他着意表现了宽广的大众层的天然野逸之美，这种美强调的是旷达、清新、脱俗、畅神，强调的是在真景面前的真情。依笔者体味，可以入画的真景遍地可寻，能睹之而动情的画家却未必俯拾皆是。有真情的画家，不见得非要在名山大川之前方动情，他寄情于山水，山水则处处生情，此即所谓"一枝一叶总关情"吧。按约定俗成的观点来看，华北平原上的风景无奇无险无怪无绝，未必值得入画，养育之恩偏偏牵挂了游子之心。画展中不仅有《小放牛》、《淀上》这类纯属家乡风光的作品，即使仅仅是画两位古人于江南一隅对弈，画面上书卷气怡然，杨延文却于"对弈图"三字之后慨然题道："丁卯兔年谷雨，思想起来，乡下父老该种瓜点豆了。"读后让人顿生亲切亲近之感，也许还会产生一些错位之念，这错位无疑更能稳住人，吸引人，诱惑人，甚而催发人们更新奇的联想。又如《又见炊烟升起》一画，一派乡村小景，题跋则写道："现如今流传着众多绘画主义，一时间大脑不听使唤，于是乎奔走于乡间村舍。每当暮色将至，那股子静劲可真叫人喜欢，画上一张，比争吵过瘾多了。"这样的跋记几近出神入化，似游离画外，又入乎其中，直朴的画面嵌以巧妙的文字（实际上已经升华为哲理）的确深化了画的意境。

杨延文画中的意境还体现出中国古典文学的影响，尤其是诗词对他的影响，诗的炼句使他触类旁通，悟出画要炼意。他画了不少古诗入画并为题的作品，如"夕阳无限好"、"仍怜故乡水，万里送行舟"、"何人不起故园情"、"月涌大江流"和"应寻此路去潇湘"等等。如果在读者看来，仅只是这样以诗为画题仍嫌生硬或过于照搬现成的话，我还可以提醒人们去注意他的另一类画题。《调寄浣溪沙》画的是两位妇女在江边濯衣，远处是停泊的渔船和晾晒的渔网，景色寻常处，诗意盎然生，词牌的借用可谓恰到好处。《却咏归去来》画的是隐居读书的陶渊明，画面上风雨飘摇，浑然一色。读题跋方知，此画作于1985年盛夏，"狂风暴雨风骤至，一扫酷热混闷之苦，不觉画兴又起。"一个"却"字已相当传神耐品，"却咏归去来"之题，既道出画境，亦道出了心境。另一幅画题为《春雨深巷杏花》，一读即知，它是"小楼一夜听春雨，深巷明朝卖杏花"之诗的点化，但不能不让人感叹其妙的是，它也毋庸置疑地受到了"小桥流水人家"这类散曲的影响。上下浮想联翩，扩展的自然是美的空间。

诗影响画，画受益于诗，在杨延文来说，其滥觞大概可以追溯到《江村疏雨》那幅获奖作品。据杨延文回忆，那幅画的素材得自于从阳朔步行到兴坪的路上。当时，他沿桂江而上，走阡陌，穿竹林，涉小溪，驻渔村，边走边画，边看边想，脑海中不时浮出一些古人的诗句："白沙翠竹江村暮"，"露荷教清香，风沙含疏韵。"此刻他恍然发现，诗与画意也同源，皆源自这个大千世界，面对这大千世界，能否写出画出杰作，正是诗人或画家展示自家本领之际，就看你怎样去提炼和凝聚了。

古典文学的熏陶，使杨延文山水画的意境更上一层楼。10年前，他就曾画过长城，那时的技法，明显带有张大千晚年作品的味道，自家风格还谈不上鲜明，画上的题款是"甲子年写民族之魂"。这画题法如白水，缺少风骨。当我们于数年之后在他的个人画展上读到《故垒风云》这类仍是描绘长城的作品时，为之兴奋的是他的长足进步。无论是画题还是画艺，相距数年的这两幅画都已非同日而语，《故垒风云》无声地告诉人们：

杨延文不仅把握住了长城之魂，也找到了自我之魂！

1989年夏秋之交，第七届全国美展正按画种的区分在几大城市分别展出。颇耐人寻味的是最为丰厚坚实的中国画的展出之地，是在中国南部的沿海开放城市广州。展览上议论最多的是中国画已无法抗拒的外来影响。在久远的传统和丰厚的遗产面前，现代中国画如何发展，如何拓宽艺术表现力，已成为画家们面临的共同课题。些微的突破，而又能得到评论家的认可，大概可以视作一个画家被画坛承认的标志，但取得这"些微"，于一个画家来说，又岂止是一朝一夕之功？个中甘苦，自不待言。

这时，我想到了远在法国的赵无极先生。当他在油画的抽象世界中恣意驰骋时，有多少与他本是同根生的中国人曾意识到，赵无极的抽象世界也包容着中国的大写意呢？

此刻，对杨延文作品的艺术手法做一次重新分析，其意义大概不止于仅仅甄别他与别人的不同之处吧。

在领略了杨延文山水画的独特意境之后，我开始注意研究他的构图模式，当然，用"模式"一词来限定杨延文的构图特色，似乎已有画地为牢的偏颇，以杨延文的个性来说，近年来他始终求变图新，绝不会与画地

太行吟

47

为牢者为伍。之所以用这样一个词，不过是想对他不确定的思维轨迹做一点确定性的认知。

他的构图，首先在意于骨架，或者说是在意于块面。一幅画起笔之初，先要确立的是结构，骨架搭好之后，才去环环入扣地充填其他内容。比如前文提到过的《对弈图》，试着将这幅画中的各种物象朝几何形体还原回去，便可发现，留在画面主要位置上的只是若干个等边三角形，居中最大的三角形也可视作金字塔形。这一形体的特点是稳固，因而它无疑是画面上的视觉中心——对弈者置身其中的亭台。其他的三角形或大或小，但都相互重叠或与它重叠一部分。各个几何形体间的交织，构成了一种对比的关系。当主体结构与对比关系构成之后，才可以向具象方向转化——亭台之外，渐渐画出远远近近大大小小的石状。为了不使三角形体的块面结构过于突兀，他继续采用了一些辅助手法，比如说，画石头以烘染为主，以线为辅，使三角形之"角"相对模糊，自然融入水墨的团块结构之中。亭台的墙（实际上是块面中"面"的局部）则为长方形体，与整个构图的三角形框架有别，出现了又一种对比。在这一形体之内，又有浓墨染出的长方体石壁和淡墨勾出砖石纹路的长方体石墙之分，同为长方体，画法却不同，另一层对比自然而生。柔软的树枝藤蔓穿插其间，使之刚柔相济，松紧有序。这样的构图方法，在国画中倒是不易见到的。

除了以三角形、长方形等几何形体作为构架之外，杨延文似乎还偏爱从圆形生出的一种团块构成。他屡屡画过这样一个题材：月下漓江，渔船横卧于江上，近处竹林丛生，林中露出打鱼人家的一抹白墙，两三石"、或曰"漓江月"、或曰"晓月下漓江"，均有"月"字，显见都是在圆月上做文章，窃以为他偏爱的团块结构或许倒是受到圆月的启示。这个题材他时而画成横构图，时而画成方构图，当团块结构渐渐聚拢在一个方构图中时，方构图恰好衬托了团块结构的圆，紧凑与舒展，于此有机地相融一体。一两大团浓绿的竹丛占据了画面主要部位，中间的间隙近处是以方破圆从而造成对比的白壁民宅，间隙远处是用留白表现的一轮明月映在江中的倒影。这经过夸张处理的倒影，更显出月光的皎洁和月下的宁静。浅赭墨色的渔船叠入月影，狭长的船体与圆圆的月影构成又一层对比。慢慢品味，宛若月夜卧游漓江，渐入佳境。

已经谈到留白，索性多说一句。杨延文画中的留白似若漫不经心，实则相当在意，那不仅是留白，西画中光的原理已巧妙的揉入其间，从色彩概念上讲，与黑、灰并列，白已成了一个不可或缺的色调。从构成原理上看，白往往成为与黑或灰互相制约的一个块面，使乍一看来相当简洁的画面同时显得饱满和充实。

说到白，不能不提到黑，具体到画上说，也就是墨。在把握住黑与白的对立统一关系之后，杨延文用起墨来格外大胆，《故垒风云》在用墨上的大胆泼洒、小心收拾，就是一个典型的例证。那浑茫的意象，酣畅的蕴味，不能不让人想到东方文化重抒发性的这一特征。

似乎还应看到杨延文对水的偏爱。他画过三峡，画过漓江，画过石钟山下的长江与鄱阳湖，也画过"应寻此路去潇湘"的太湖。50年前生养了杨延文的深县柏树村，有一口奇妙的大水塘，在他的记忆中，那水塘从未干涸过，也从未因发大水而泛滥成灾。是不是哺育他长大的家乡之水，至今仍滋润着他的心田，才使他对水另眼相待呢？他笔下的水，追求着一种动荡之美，从中不难看出，那正是生命的节奏，也未尝不是对那类静止的失去生机的山水画的反叛。

我以被水一般的柔情感化了的心，去继续领悟他的作品，发现在表现动荡之美的同时，他还在表现着一种稠密的美。请看他的《小园披上黄金甲》，请看他的《深山古寺》，那团团墨色枝叶上的灿灿金黄，那一块块不厌其烦地勾勒出的石头显出的绵绵情致，不仅丰富了国画的绘画语言，更在大胆无畏的进取中露出了一片生机。

1987年7月1日，在"杨延文画展"的展厅里，出现了一位头发花白、身材消瘦的长者，他刚刚从外地回到北京，就赶到美术馆来参观这个画展。杨延文陪着他按顺序一路看下去，周围的观众看到这两个人边赏画边指指点点，不由得慢慢凑了过去。只见老者象老师批改学生作业那般细致，时而指出这幅《二月春风》黑白用得好，那幅《饮马图》用线好，有时又指出某一幅画可以打及格，而另一幅画则整体感不强，画得太草。跟在后面一路听下来的观众终于认出这个老者，他就是杨延文的恩师吴冠中。

当在场的一位记者请吴冠中先生谈谈观感时，他不假思索地说："青出于蓝而胜于蓝，这就是我对杨延文的期望！"

1987年在中国美术馆举办个人画展时开幕式上，从左至右为杨延文、刘开渠、李可染、方毅、白介天、周而复。

八

"一枝红杏出墙来"。

几年来，杨延文的作品曾参加了瑞士巴塞尔国际美术博览会、法国蒙特卡罗美展、印度美术学院国际美展、巴西圣保罗美术双年展等一系列国际性美术展览，还曾随"中国现代画家作品展"赴日本、新加坡等国及香港、澳门地区展览。1988年3月，华人刘振翼先生在美国纽约开办的东方画廊，展出了杨延文的70余幅近作。这是该画廊开办五年来第一次邀请大陆画家举办个人画展，所展作品销路甚旺。应刘先生之邀，二十余位颇有名气的旅美华人画家与杨延文一起座谈，他们纷纷对杨延文作品的锐意创新表示了赞赏。

国内外种种反响表明，杨延文的创作已经进入了一个自由世界，但这是否可以表明他能自此开始随心所欲呢？据我所见，他并没有掉以轻心，也没有欣慰于知天命之年结出的累累果实。他的铸剑堂与世界息息相通，收进剑鞘的宝剑寒光依旧夺目。他敏锐地关注着各种美术流派的发展，研究着国内各家技法的长短优劣。他已经从前辈的手里接过了中西结合的火炬，那么便注定了要在这马拉松竞赛中继续跑下去。

好在风光无限，山水宜人，一个寄情于山水的人，他的艺术世界，会永远如苍山之不老，若绿水之长流！

在笔者对画家杨延文先生的艺术经历做了一次简约的巡礼之后，需要坦率承认的是，这并不是对杨延文作品认识的终极，正如他在探索的旅途上仍要走很长的路一样。

本文从柏树写起，一稿完成时，笔者与杨延文又有一次关于柏树的对话，因为他画的柏树实在是郁郁生情，我总想弄清柏树的精灵究竟怎样在杨延文的心中和笔底盘旋。

近十来年间，杨延文的足迹所到之处，常常离不开那些森森柏树，追踪了他的足迹之后，可以数上来的有名气的柏树就能列出一串：苏州香雪海古庙内以青、奇、古、怪命名的四棵古柏，河南嵩阳书院内的两棵"将军柏"，泰山岱庙中的汉柏，北京孔庙古柏，还有北京故宫御花园内别致的两棵"连理柏"。固然，柏树美哉，连《辞海》中的解释都称其

为观赏树，但杨延文不厌其烦地屡画柏树，而出现在他笔下的柏树又屡屡变化皆有情，显而易见，柏树在他的艺术视野中已占据了特殊而微妙的位置。

我有意将他画柏树的作品凑在一起，慢慢品析。我渐渐感到，那些画中，有一个"土著"出身的大画家对柏树阴下童年生活的寻梦，那是故乡对游子的抚慰，那是泥土对大树的护守，那是父母对儿子的期待。我渐渐感到，那些画中，有柏树之魂的流露，那是疏狂个性的写照，那是苍穆无声的吟啸，那是历久不衰的生命！

记得一位先生对我讲过，他从青、奇、古、怪四棵柏树的名称上悟出一层艺术创作原理：青，象征着蓬勃的朝气；奇，标志着独特的创造；古，提醒不要忽视传统；怪，赞许鲜明的个性。

且把这番话留此存证，或许可以当作我们继续认识杨延文作品的索引吧。

我期待着去观赏他艺术探索上的又一次曙光！

己巳蛇年中秋云遮月时
京城无逸斋二稿改毕

与母亲、妻子和二女儿在北京人民大会堂前留影。 （摄于1974年）

全家在中山公园留影。 （摄于1977年）

在老家旧宅与父母、女儿、孙儿及亲友留影。　（摄于2002年冬）

为夫人祝寿同三个女儿合影。

和夫人及两个孙儿合影。

在白洋淀景点"三十里荷花"与老伴和长孙合影。 （摄于2000年）

三女儿杨稷获澳大利亚新南威尔士大学金融硕士学位，在毕业典礼上与女儿在大学前庭合影。

（摄于1999年10月）

天伦之乐，看长孙弋戈、次孙弋杨钓鱼。

和长孙对弈。

与孙女弋婷。 （摄于2004年）

与夫人、长孙弋戈、次孙弋扬
合影。 （摄于1997年）

60

在泰国芭蒂亚海滨。

与老伴在北朝鲜之金刚山。

当选为第十届全国政协委员，在全
国政协礼堂留影。 （摄于2003年）

出席全国政协第十届二次会议时在人民大会堂前留影。

当选为第十届全国政协委员，出席
第一次会议时接受党和国家领导人
接见时的合影局部。(摄于2003年)

1983年获意大利国际
美展金奖时，意大利
毕扬奇夫人、刘迅为
我发奖后留影。

　　杨延文先生原本主要从事油画（人物画）创作，后专攻中国山水画，他不拘泥于一法，兼收并蓄，吸取别家之长为己用，在艺术道路上他辛勤地耕耘着。

　　艺术家艰辛的劳动获得了丰硕的成果。1983年在意大利第五届曼齐亚诺国际美术展览会上，他的《江村疏雨》被评为第一名，荣获金牌奖。作为艺术家，自己的劳动获得如此荣誉是应当感到骄傲的，同时画家的荣誉也是祖国荣誉。

　　荣誉是走向更高成就的新起点，而不是终结，我们相信杨延文先生的艺术道路会越走越宽，我们也期望着杨先生有更多更好的作品面世。

● 刘　迅

画家杨延文的作品获国际金奖

昨天上午在京举行授奖仪式

　　本报讯　昨天上午，北京饭店艺术家丽画廊的客厅里，举行了一次授奖仪式。在今年意大利举行的第五届曼齐亚诺国际绘画展览中，北京画院的中年画家杨延文创作的中国画《江村疏雨》，荣获了这次展览仅设一枚的金质奖。意大利中国画商的负责人毕扬奇夫人此次专程到中国，为获奖者颁送奖牌和证书。

　　毕扬奇夫人说，"我很高兴这次到中国来把杨先生的奖品转交给中国美术家协会。虽然他个人水平在介绍中国艺术上有

国难，但我愿意把中国的艺术大师们介绍给世界。"中国美术家协会副主席华君武说，"奖牌是送给杨延文的，中国的美术家们都感到光荣和高兴。这使我们看到，有中国民族特色的艺术，才能在世界上站住脚跟。"

　　本报武汉专电（记者李群）1983

1983年，《江村疏雨》在意大利
获金奖，图为所授金牌。

作品图版目录

zhongguomeishujiadangan
yangyanwenjuan
zuopintubanmulu

zuopin tuban mulu

作品图版目录

70　摇篮　油画

向日葵　油画

72　花　油画

76　残雪　油画

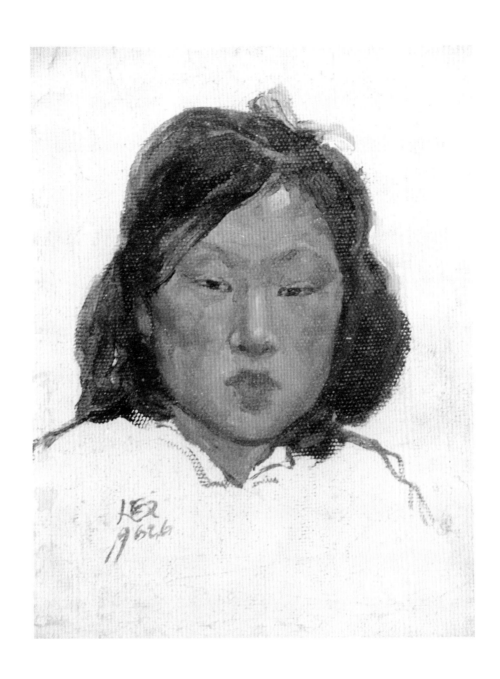

78　村姑　油画

女肖像　油画

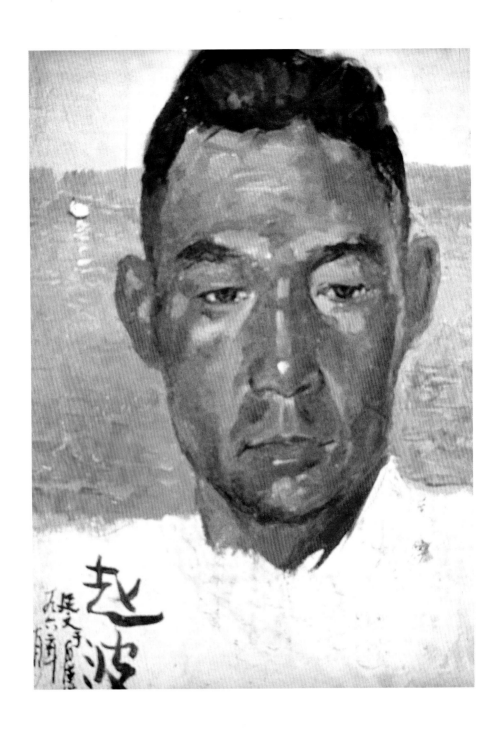

80　雁翎队长　油画

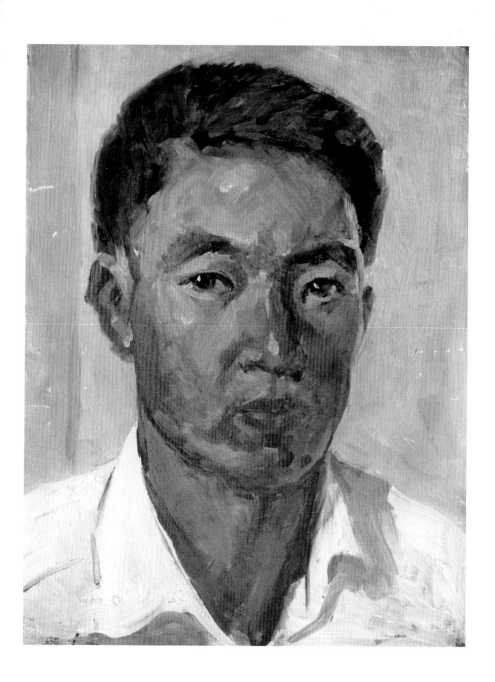

自画像　油画

82　老卢　油画

84　风雪草原育新人　油画

岑夫子
丹丘生
将进酒
杯莫停
与君歌
一曲
请君为我倾
耳听钟鼓馔
玉不足贵
但愿长醉
不愿醒
古来圣
贤皆寂寞惟
有饮者留其名
陈王昔时
宴平乐斗酒十
千恣欢谑
主人何为言少钱
径须沽取对君酌
五花马
千金裘
呼儿将出
换美酒
与尔同销万古愁

李白将进酒诗意
一九九五年春月
解州堂正文

将進酒

君不見黃河
之水天上來
奔流到海不
復回
君不見
高堂明鏡
悲白髮
朝如青絲
暮成雪
人生
得意
須盡歡
莫使
金樽
空對月
天生我
材必有
用
千金
散盡還
復来
烹羊宰牛
且為
樂
二二口具

在北京翰海拍卖有限公司 2004 秋季拍卖会上拍出人民币 118 万元，开创了中国当代单幅水墨画作品
在世画家在国内拍卖市场上的最高价。

　侗家村寨

90 神女伫云头

又见炊烟升起（局部）

94   二月春风

卧看园中依墙花

网（局部）

山村雨后

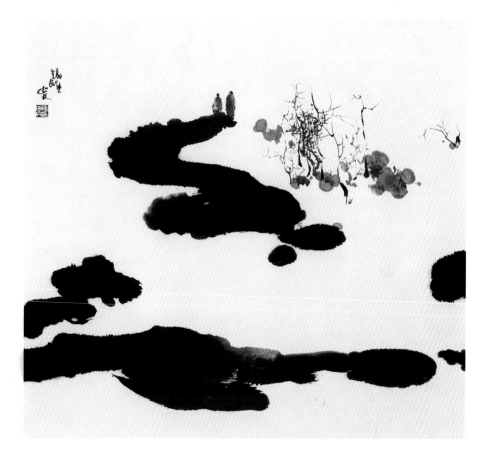

梦里姑苏

116 塞上行

塞上行（局部）

122　水乡

水乡（局部）

劝君更尽一杯酒（局部一）

劝君更尽一杯酒（局部二）

环滁皆山也其西南诸峰林壑尤美望之蔚然而深秀者琅琊也山行六七里渐闻水声潺潺而泻出于两峰之间者酿泉也峰回路转有亭翼然临于泉上者醉翁亭也作亭者谁山之僧智仙也名之者谁太守自谓也太守与客来饮于此饮少辄醉而年又最高故自号曰醉翁也醉翁之意不在酒在乎山水之间也山水之乐得之心而寓之酒也

若夫日出而林霏开云归而岩穴暝晦明变化者山间之朝暮也野芳发而幽香佳木秀而繁阴风霜高洁水落而石出者山间之四时也朝而往暮而归四时之景不同而乐亦无穷也

至于负者歌于途行者休于树前者呼后者应伛偻提携往来而不绝者滁人游也临溪而渔溪深而鱼肥酿泉为酒泉香而酒洌山肴野蔌杂然而前陈者太守宴也宴酣之乐非丝非竹射者中弈者胜觥筹交错起坐而喧哗者众宾欢也苍颜白发颓然乎其间者太守醉也

已而夕阳在山人影散乱太守归而宾客从也树林阴翳鸣声上下游人去而禽鸟乐也然而禽鸟知山林之乐而不知人之乐人知从太守游而乐而不知太守之乐其乐也醉能同其乐醒能述以文者太守也太守谓谁庐陵欧阳修也

一九九零年初夏
平原苗济川
杨正文刻石于诗韵堂

132　醉翁亭记（局部）

134　汲水

汲水（局部）

136　桥下

老樹著
花應
丑枝

苏州有
在树
同清奇
古怪女
盆栽
盛态
生态
序之回
金带
潇态传
神也
年文
延文

老树著花无丑枝

桥头有一棵梧桐树　延文 [印]

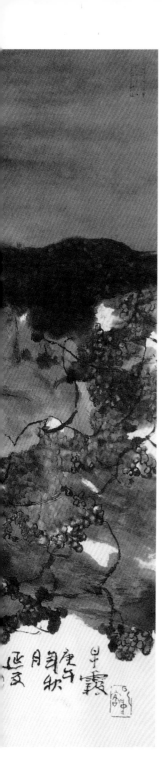

144　月下行舟

院中秋 145

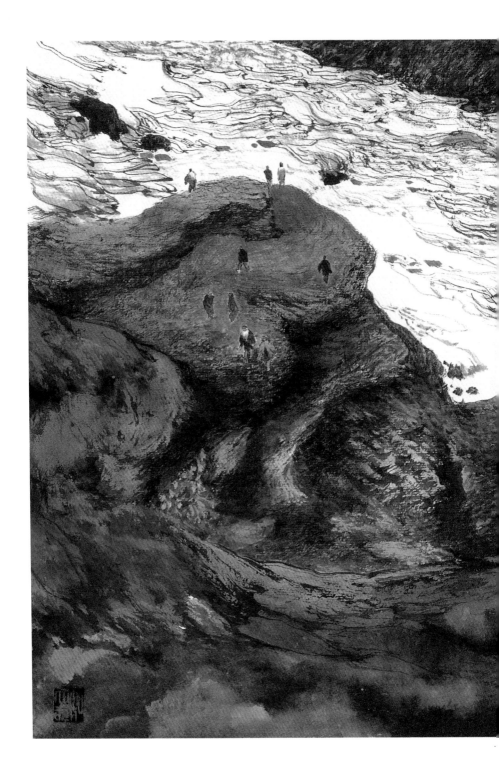

虎峪沟柏树时全苑爱图

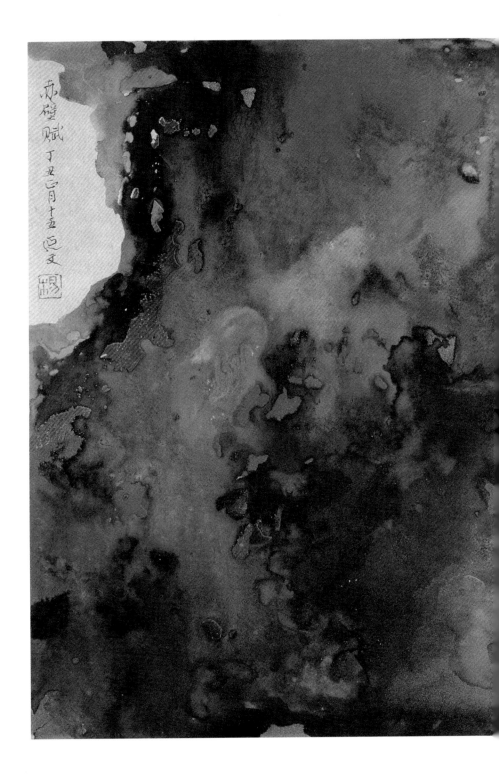

赤壁賦 丁丑四月十五廷文

观沧
海
辛
巳
年
立
春
别却斋
即兴
延文

连理枝

162　墙根

164　小院

166 三红图

崂山道士图

轻舟已过万重山

风习习柳依依

锦绣草庐别有意

176　渔舟唱晚

于罗布泊胡杨林留影。 （摄于2004年8月）

话说杨延文

吴冠中
陶澜
田红玉
马平
亦文
黄苗子
秦岭云
席梦草
席梦草
召昭
包立民
刘曦林
邵大箴
孙克
康征
程礼瑛
邵剑武

春 意 闹 枝 头

——小议杨延文的绘画风格

● 吴冠中

一枝红杏出墙来

"一枝红杏出墙来"。杨延文的画，像一枝红杏伸出了墙头，惹人注目。墙里呢？春色满园、群芳争艳、人才济济。

杨延文多产，前几年已出版过他的选集，这些作品大都是他最近两年的新作。

杨延文毕业于北京艺术学院，在校主攻油画，学习中着重写生、观察自然，从人像和裸体等课题中打下较坚实的表现形象的基本功。他出生于河北农村，由于不断下乡、下厂的实践，经常接触到广大人民生活的各个方面，很自然，他的感情和艺术的素质总是与土生土长的人民有较深的联系。

中国当代的中年画家，大致有两个共同点：一是无论从学院出身或自学成材，大都下过扎扎实实的功夫，在被封闭的年月，他们安心于耕耘；二是大都兼学过西方和中国传统两方面的技法，不同体系的技法在他们的作品中交融，各自孕育出程度不同或水平高低的新风貌来。

杨延文是属于其间突出的例子之一。他近几年的墨彩画，已逐步走上发挥自我感受的道路，画面奔放、潇洒，笔墨酣畅淋漓，有个人面目，上进到一定水平。这是他一步一个脚印地慢慢走过来，甚至是爬行过来的。

中、西结合是必然的趋向，结合的渠道纵横，嫁接后果实之多样更难预料。杨延文结合了块面与线条，虚与实、墨与色，但他偏爱中国的情调与意境，他的画是中国的、充满时代的新意。他曾获得意大利的国际金质奖，近期他在北京中国美术馆的个展获得广泛的好评，说明作品在东西方都引起共鸣、有所肯定，至少是已引人瞩目了。

历史上虽然有极少数早熟的天才，但其独特的条件和因素无从仿效，固然未必需千年才结蟠桃，但艺术之果确多半属于大器晚成的。满足于早熟或早扬名易带来艺术的停滞，甚之衰退，愿延文警惕，百尺竿头，更进一步！

从油画到中国画

那年月，连印象派也只能批，不许学。然而学油画的学生渴望了解印象派。其时我任教北京艺术学院，作为油画教师，我从金农的一幅梅花册页中启示印象派之所见、所求：那幅梅花一反常规，全不描摹花蕊花萼，只是满纸错落有致的淡墨点，其间穿插几笔焦墨干枝，便予人"暗香浮动月黄昏"的意境，未必黄昏，也许清晨，都是刹那间朦胧印象！我作为油画老师，将潘天寿的一幅水墨画与勃拉克的一幅静物比较分析给学生看，看其中对"平面分割"及"组织结构"方面的不谋而合，竭力想证明造型艺术规律的世界性，东西方艺术中精华成份的同一性。时光不饶人，当年的青年学生都已人到中年，他们各自在艰苦条件中奋斗，有的在坚持探索油画的民族化，有的将油画移植进水墨画中去，寻求国画的创新，杨延文便是属于后者的一个典型例子。

在澳大利亚海滨写生。

我并不认为杨延文放下油彩从事墨彩是改行，我这个当年的教师本来就是希望勇猛的年轻一代敢于声东击西，闯入艺术的不同领域，不服工具性能和表现程式的捆绑。杨延文努力将油彩的浓郁引进墨彩，同时尽量发挥"白"的积极作用。国画的色落到宣纸上，总嫌鲜艳而轻飘，欲求浓彩便离不开墨：或浓墨含彩，或彩附于墨，嵌于墨，墨控制着彩的明度。浓墨落到宣纸上显得分外精神，无非是由于黑与白的强烈对照，白在中国画中经常起到了统帅作用。油彩写生虽易于表现得充分，但物象与物象间的位置关系总受到严格的相互制约，而在中国画的处理中"空白"往往被用来冲破这种制约，藉以扩展画里乾坤，深化意境。林风眠老师披荆斩棘启示了我们这条艺术之新路，受益的岂止一代人，杨延文亦在这马拉松竞走中接过了火炬，中西结合的火炬。杨延文的一幅《江村疏雨》在意大利一国际画展中获得了金质奖，这幅画并不算他的最佳作品，比不上他的《青海湖畔》及《丝绸之路》等作品，金质奖确乎是奖给了新品种的诞生。杨延文又开始追求画面的运动感，重视块面的波动及线的节奏。线的组合在油画中学得不多，于是他又钻研传统，以弥补在校时学习的不足，他像海棉一样善于吸收，逐步吸取各家之长。

　　杨延文自己说：他学习我这个启蒙老师，从我起步。女娲依照自己的模样捏塑了人类，她是人类的母亲吧，但不算理想的艺术教师！当我听人们议论，说我班上学生的画风大都像我时，认为是对我的谴责！学某家某派本亦是学艺过程中的平常现象，但只应是学习过程中某阶段的暂时现象。当我看到杨延文又学了别家之长而渐形成自己新貌的倾向时，感到欣慰。学习中理解力强，善于吸取自然是有利条件，人们一向赞扬博采众长与融会贯通。然而，在艺术创造的高级阶段，我并不欣赏艺术拼盘，而更珍视无法之法，真真表达了自己独特感受的无名之法。那样的法，只能在生活中去观察，挖掘。杨延文具备足够的写生和观察力，具备对东、西方艺术的分析和理解力，我想他将更深一层进入生活中探索到更珍贵的瑰宝。园丁只培育花卉和苗圃，大树都依靠自己的根深深扎入土壤，且久经风雪的摧残而挺拔矗立！

为杨延文画展所作前言

杨延文1963年毕业于北京艺术学院油画专业，在观察对象、写生、学习西方油画的表现方法等方面打下了扎实的基础。

后来他到北京画院任专业画家，却走上了国画之新途，他在实践中，在中、西绘画的比较中逐步深入钻研传统，结合中西，致力现代中国画，追求创新。

杨延文人到中年，作品受到国内外观众和同行们的欢迎和瞩目，并在意大利得过国际性的金奖，有出息的中国画家，尤其是中青年一代，必须放眼世界，借鉴外国的好东西，拿来结合传统的精华，结合民族的情致，创造出无愧于新时代的当代中国画。在杨延文这一代新人中，开始结硕果、放光芒的已大有人在，中国艺术的现状蓬勃，前景灿烂。

我们不仿效夜郎自大，我们之所以自信，是依据了辽阔与深厚的祖国土壤及丰富多样的人民生活，我们有值得引以为荣的生活源泉，杨延文也曾学习模仿过别人的作品，但他的新生始于植根于生活。他们这一代新人中的优秀者也都受惠于深入生活，今天人类已进入宇宙空间，然而希腊神话中那个英雄安泰，离开土地便失去力量的故事，仍不失其深刻的寓意。

作为杨延文的启蒙教师，我祝贺他可喜的成绩，更愿听到广大观众对他中肯的批评。

杨延文特立独行寻"画境"

——在中西两种"语汇"中强化表现力

●陶 澜

在中西两种"语汇"中强化表现力

记者：在刚刚落幕的这次图书订货会上，美术类图书中，最新一期的《荣宝斋画谱·山水人物部分》很受人关注。作为记者，我注意到人们最感兴趣的一点是其中的作品充满新意，这一点记者也感受颇深。很多作品笔墨、形式、内容都给人以耳目一新之感，仿佛给传统的中国画注入了一缕鲜活气息。但这对大多数人终归只是一种感觉，作为我国著名画家和本期画谱的绘制者，能谈谈您的追求吗？

杨延文：你的这种感觉和你听到的反馈正是我有意识追求的结果。如果让我对自己的这种追求做个简洁明了的概括的话，那就是：在中国画与西画两种"语汇"的互融中，创作出本质上属于东方思维、形式和境界的中国画。我的国画作品之所以呈现出一种较新的面貌，得益于我的油画基础。我一进北京艺术学院便到油画系本科学习，调入北京画院后，本应顺理成章地从事专业油画创作，但经过审慎思考，我还是选择了画国画，进了国画组。

记者：学油画可以获得系统的造型训练与色彩感觉，那么，在西画上有了一定的造诣之后，您为什么选择放弃油画而钻研中国画？

杨延文：我始终认为自己并没有放弃油画，而是改变了工具的性质，改变了用油彩和画布表达东方思维、境界的方式。艺术是相通的，都是追求尽善尽美。油画和中国画的区别，只是通过不同的工具表达人类最深层次的思考，追求的目标是相同的。这好像从南北两坡攀登喜马拉雅山，登到顶峰才是最重要的。

记者：是什么让您有了"改变工具性质"的决心？

杨延文：今天，一个想有成就的画家，不仅要继承传统，同时更要不断创新，包括突破中国画的传统绘画方式。我不愿意从属于别人，我要用自己具有的西画基础和中国的绘画语汇表述东方的境界。我自小对中国诗歌、古典戏剧、文学和历史特别偏爱，中国文化博大精深传统的滋养，使我有驾驭中国画的信心。

记者：如果拿中、西画做对比，是不是中国画更能充分地表达东方文化的意境？

杨延文：人们通常认为，油画更加注重造型和色彩的表现，而中国画更注重抒发情感。其实西方的后期绘画也注重抒发。我毅然转向中国画，实际上是要用新的方式来抒发我对时代的理解。我找到了最流畅、最适合表述自己对社会的理解方式。

记者：您1983年获得金奖的那幅画就是中西结合的画法，是什么使您这么快就探索到了结合的方式？

杨延文：实际上，我一进入到中国画就在探索中西结合的模式。东西方艺术不是不可逾越的，它们有共性，同是为了表达人间最美好的东西；也有个性，个性与共性不仅存在于东西方文化之间，也存在于东方文化和西方文化自身之间。过分强调两者之间的区别或过分强调两者的共性都有失偏颇。因此共性与个性的关系反映在艺术本身应该是有共性、有个性。我们可以把所有艺术技巧都看作是一致的。哪种文化、哪个技巧更适合表达最终的目标，就是境界的表达，就用哪种创作方式。

记者：将油画的语汇融入到中国绘画中，带给您什么？

杨延文：多年受油画教育，从油画改到中国画，使我比中国画家在绘画中多了一种语汇。就好像现在一个中国人，不仅懂中文，而且懂英文。把东西方两种语汇加在一起，大大加强了我的创造力，丰富了我的表现力。

记者：东西方绘画语汇的融合中，笔墨技巧在其中占据着怎样的位置？是否也要有所改变？

杨延文：有人曾这么说，如果得金奖是对我中西结合的初步肯定，那么1987年在美术馆搞个人画展，则是向世人展示：中国画是可以这么画的。当人们争论笔墨等于零的时候，我始终在不动摇地追求自己的风格，

依然认为笔墨技巧在中国画里是必须的，但毕竟笔墨是工具，是用以过河的船。

我现在仍然这么认为，对于绘画来说，笔墨是非常重要的，但是笔墨的运用要不断更新。比如，过去人们想从长江上游到下游去，选择坐船达到目的，但是需要很长时间。现在可以选择飞机、火车，比原来的速度就快多了。

在绘画中，有了新的追求、新的目标，要达到新的意境，就要运用新的手段和新的笔墨。笔墨技巧是达到目标的一种工具，它本身的不断进步和发展，是为了更好地服务于绘画语

在伦敦举办个展，在展厅中留影。　（摄于1998年）

言的表达，两者是不可割裂的。

记者：看您的作品，能够感受到一种飘逸灵动的独特观感，这是笔墨技巧的创新带来的结果，还是中西结合带来的结果？

杨延文：中国有一句老话说：一草一木总关情。那么，情在哪里？在动中。静中包含着动，就激活了整个画面。这种结果是中西画法完美结合的产物。如果光有块面，容易板结；光有线条，容易稀疏；用斜线拉动块面，但线条要融合在块面里，块面、线条的结合体现了活力，所以很多朋友讲杨延文的画给人宽舒荡漾之感。在现实生活中，我对宽舒荡漾这种感觉也多有偏爱。

山水人物可以作为一种新概念提出、追求

记者：大家都知道，您是以画山水而闻名的。听说在画谱编辑出版后期，您坚持收录近十幅山水人物画，并且第一次将"山水人物"作为一个概念提出来。请您对此作一下阐释。

杨延文：傅抱石、黄宾虹、张大千等大画家到晚年都涉足山水人物这个领域。这几年我也一直在思索这个问题。往往单画人物的以人物为主，景成了陪衬；单画山水，人物在其中也只是一个点缀，我认为这是不完全的。山水人物应该成为一种独立画种，既不是纯山水，也不是纯人物，两者可以完美结合。画谱上的这些山水人物画，与我的山水画形成一个整体。我要告诉人们我不仅是一个山水画家，更是一个带有深层次文化底蕴的、全面发展的画家。

记者：请进一步说明一下您对山水和人物之间关系的理解。

杨延文：山水人物中的人和景是一体的，人是风景中的景，景是风景中的人。实际上人物和景物是完美的组合，这种组合在整体抒发你的感情时更有渗透力。因此，山水人物是我近四五年来追求创新的重要领域。艺术的追求在整体把握和连续性方面是必须保持的，但前提是要不断注入新的理念。在这几年的绘画中，我借助古人、古诗词，抒发现代人的情感。比如我画的《崂山道士》，画上题了"心诚则灵"，使人物同时兼具了现代的感觉。古人有一句话叫"得道成仙"，既然想要成仙，必须先得道，想要得道就要悟道。把这样的理念通过绘画的语言，形象地层现给世人，人

们会顺理成章地在描写传统题材的绘画里注入现代人的思考。

大山大水可以营造大气魄，给人一种冲击力，这是共识，但我认为山水人物同样有冲击力。我的画都透析着对现实的思考。我画的陕北窑洞题上"上窑洞、粗布帘、小米饭、说丰年"，虽然画面里没人，但还是表现了有人的气息。通过粗布帘、红对子表述人们的生活感受。

中国绘画经常是以意境捕捉人的心绪，更注意一种抒发性，给观者留下思维的空间。如果一幅画画完了之后，山就是山，水就是水，没有思考的空间，就没有意思了。

我对山水人物画种的追求，既借鉴了前人的思想，也表现了新追求。随着年龄的增长，艺术的日臻成熟，必然要在绘画更加深入的层次里寻觅新的语汇。这个语汇应该更具有人文基础。要让人们看了之后有联想。

绘画最简单的模式就是按照定式给人一种东西。但是绘画又不是简单的一看了事。绘画的高境界是留给人家什么东西，而且留给的东西是循着创作者的思维走进去，让他追逐你的情结，同时补充你没有想到的情愫，这样才是完整的。创作者给予观者引导，观者给予创作者补充。

因此，观者对画家作品的解读是非常重要的。如果一个画家的画不能被读者解读，找不出蕴含其中的深层内容，一定不是一幅好画，优秀的绘画作品必须是能够演变成一首诗，或者是一篇散文。绘画的延伸性，是要告诉或者引导读者成为绘画中的一分子，使观者成为一个参与者而不是旁观者。这样绘画就有生命力了。就像好的音乐，演奏完了，绕梁三日不绝于耳。其实听音乐的人，不一定记得下音符，也不一定会演奏，但是他会跟着音乐的进程，来抒发自己的喜怒哀乐。绘画作品应该在人们看到后，还有深深的思念，画面表现的是说不尽却又道得明的东西。

记者：您认为山水人物画的未来会有怎样的发展前景？

杨延文：我认为，山水人物的组合更加符合东方文化境界的抒发。这个绘画品种在将来发展会很快。人们绝对不会满足纯粹的山水，也绝对不愿意看说教式的单纯人物表达，尽管它们各有优势。

成功来自不断创新，延续是必须的，创造是根本的

记者：由于现实的诱惑和市场的拉力，应该说有不少人从油画转入画中国画，但都没有特别突出的成绩，您的成功诀窍是什么？

杨延文：原来在中国画上可能是我的劣势，但是对中国文化有较深的理解和把握，加上对西方文化的理解，我把劣势变成了优势，才能有今天这样的成就。东方文化讲究有所失才有所得，不敢放弃就不能获得更多的收获。很多人是得到了，不容易抛弃。如同家里的阳台，要经常清理，如果不把充斥阳台的无用的东西抛弃的话，不可能在阳台放上新的物件。我们的思想也要转化，扬弃现实不需要的、过时的，补充新的观念。实际上，绘画的转变与创新追求，也是不断舍弃和不断获得的过程，只有始终把握吸收新鲜的和摒弃废旧的，绘画才有新意。

我的中国画，色彩、块面、构图借鉴了西方油画的语汇，但是意境是中国的。比如《丞相祠堂柏森森》这一幅，在柏树的体面、颜色的冷暖对比和整个构图的饱满上，都借鉴了西画绘风，但整体上却是中国画的境界。另一幅作品《冰岛》，画的是西方的景致，两岸巨石借鉴了西方绘画的语言，然而另一主体——江水却运用了中国传统勾勒水的技巧。我崇尚活学活用，借助古人留下的遗产，启迪我们的思路是非常重要的。在这方面我总结出一句话：延续是必须的，创造是根本的。

我认为，做一个一般的美术工作者容易，做一个有成就的画家，必须穷其毕生精力，修养全面才可以做到。在我们追求绘画的成就方面，必须有明确的思路、准确的方向以及自身的好学不厌，始终不断地补充新学识、新思维、新理论，才能不断进取。我把中国画创作比作拉力赛，作为创作者，必须不停歇地研究艺术的发展取向。

我的老师吴冠中先生曾这样评价我："杨延文像海绵善于吸收，又像一头猛兽善于进取。"我一直认为绘画是炽烈感情之后冷静思考的产物，是两者相结合的创造，这样才能形成自己完美的表达方式。

绘画本身是一种境界的追求。在追求目标的过程中，自己必须有超乎于普通人的认识，你的认识必须有新的探讨、新的触觉去触摸其他的新生事物，这样才能延续你的艺术生命。一个有成就的艺术家，应该在临终之

前还在创造。

记者：您认为从事绘画艺术的人应该吸收边缘文化营养吗？

杨延文：我觉得所有的边缘文化对画家来讲都是重要的，甚至足球对美术都有用。足球本身的排兵布阵，足球中场、前锋、后卫的关系代表了一种文化，这种文化的进展对一个画家作品中的气势必然产生一种积极的影响。我觉得过去有些人对绘画素养的理解过于狭隘了，认为好像在接近的文化上寻找就可以了。我认为是没有固定模式的，任何人类的文化，只要是你能吸收到的、能启发你的，便都是有用的。比如我们现在已经进入网络时代，如果绘画依然沿着自给自足自然经济的模式，显然是不行的，这就必须创新，而且是超时代的创新。样样要追求新，甚至生活都要追求现代，这本身就意味着你在往前走。科技的进步必然带动艺术的发展，审美和悟性要能跟上现在这个时代。

记者：您怎么理解跟上时代？

杨延文：跟上这个时代的意思就是紧跟时代的步伐，在任何知识领域都不要却步。就是思想不老，追求年轻的，60岁的人30岁的心脏，70岁的人40岁的思维。有一个拍卖公司第一次搞网络拍卖，请我去讲。我就讲，希望中国的绘画在网络这个平台上，和西方的绘画作品平起平坐，站在时代的网络列车上，通向大洋彼岸。他们感到非常惊讶，问我怎么用上网络这个词了，我说就应该这样。我音乐并不好，但是我画香港维多利亚港华灯初上的夜色那幅画，却用了《东方之珠》的歌词："每一滴泪珠仿佛都说出我的尊严。"

对新文化、新知识不排斥、不拒绝，能吸收多少就吸收多少。精神思想都跟上了时代，你在绘画的过程中，感情、思想境界、精气神就能展现时代的精神。

记者：《荣宝斋画谱》的意义和作用远远超过了一般的画集，画谱要求水准高，作者必成大器和有突破性成就等硬条件。现在，您的画谱已经出版，等于对您的成就有了极高的肯定，在这个基础上您今后还要探索吗？

杨延文：在新的探索方面，我的理念是不能没有设想，但又不能完全按定式去思维。要关注未来时代的发展脉搏，跟上这个时代，就能找出艺术的新思维。跟上新思想才能有新追求，新思想来自今天人们的实践，实践给你启迪。今天画香港，势必要用新的技巧表现灯红酒绿、高楼大厦的繁华景象。

行政事务使我更宏观地看待未来艺术的发展

记者：对于画家，60岁到80岁是创作的最好时机。这个时候，学养丰厚，技巧完善，精力还充沛，是最具有创造力的。为保证自己足够的创作时间，很多画家不愿意被卷到行政事务中，为什么您在这个年龄还承担了北京画院的艺术委员会主任一职？

杨延文：按理说，我已过了退休年龄，可市文化局的领导坚决挽留我，让我在这一班岗上站下去。这实际上是对我的成绩、能力的肯定和对人格的信任。如今一个人受到人尊重是十分难能可贵的，我必须要回应，这个回应就是不遗余力地尽我所能，为画院的建设，为美术事业未来的发展贡献自己的心志。

艺术委员会是画院学术的最高机构，担负着画院整体的管理、艺术方向的把握、后备力量的培养等重任。

这个工作对画院是非常重要的。我愿意牺牲我一定的艺术创作的时间，为别人的发展创造更多的条件，把画院的学术地位提高，把画院的艺术创作提上去，把培养后备美术人才的工作开展起来。北京画院这三年来办了大量的展览，谋划了北京美术馆的建设。今年，北京中国画国际交流中心大楼马上要动工，4500平方米、33米高的楼，中心将具有展览、收藏、教学、理论研究、陈列多种功能，有同声翻译的学术厅、会议研讨厅、齐白石陈列馆、绘画展览馆、画廊等，目标是把北京画院建设成北京的美术活动中心，成为北京对外美术活动的一个窗口。

同时，我相信这样的工作对我今后的继续创作也是有意义的。它可以拓宽我的视野，使我更加宏观地看待、把握未来艺术的发展。

选择比用功更重要

——访全国政协委员、北京画院艺委会主任杨延文

◎ 田红玉

约见杨延文先生是在周三的晚上，本来说好七点，等到八点整，他才忙完顺义的事情，驱车回到王府井家中。身为北京画院艺委会主任的他，"院务"缠身，创作任务繁巨，整日里东奔西走，虽已65岁，但脸上却丝毫没有奔忙后的疲惫。他举止潇洒，眼神坚定，真挚、沉毅而不乏书卷气，有不易得见的气度。杨先生用了一句话概括自己："内心是坚韧而文静的"。

在荷兰民族民村风车前留影。（摄于2004年）

记者：您是什么时候开始学画的?

杨延文：我是河北农村的孩子，上小学的时候，学校也没开过美术课。我十四五岁时，随家在北京的二姨来到北京门头沟，考上了52中(现在叫大峪中学)，这才接触到美术。那时学校重视美育，我当上学校的美术组长，一到周末就去学校附近的永定河边写生。

记者：周末可做的事有许多，您怎么会去河边画画?

杨延文：这是因为，不久因工作变动，二姨全家离开了门头沟，我在门头沟没有什么亲人，又没钱，再加上农村孩子还是有些拘束，也不知道上哪里去玩。校长去河边打鱼，我就常跟了去。我是个文静的人，坐得住。那时画的是水彩画。土桥、河滩石子、盛开的海棠都是我的绘画对象。有时寒暑假也不回家。现在想起来，这真是一个很偶然的机会，我来到了北京，机会给了我，我也没有放弃。

记者：您那时为什么会选择学艺术，当时在许多人眼里学艺术并不是正道。

杨延文：上艺术学院预科班，是我的美术老师邱正锦劝我考的。他为了更好地帮我备考，还让我住在他家。我觉得是个机会，就认真准备了。考上之后，我家里都不支持。我父亲还说，"学画画干嘛? 当个画匠?"

记者：您的作品可以说是融西画造型于传统写意创造之中。从吴冠中给您指出"中西结合"之路，到今天取得的成就，您感触最深的是什么?

杨延文：吴冠中曾撰文说他是我

的启蒙老师，说我的悟性高，能汲取各家之长。他给我最大的启发就是：走中西结合之路。后来美术界出现了文人画、现代主义等风格流派，我都视之如风，坚持走自己的路。

回避别人的长处是短视的，任何有益于艺术发展的，都应该作为营养液来吸收。过去说"天将降大任于斯人也，必先劳其筋骨"，我现在不这么想，选择错了，再怎么努力都没用。因此，我的观点是：选择比用功更重要。我画油画是走民族之路，画中国画是走中西结合之路，所以你看我的画，一张都不会重复。重复是无才的表现。适当的重复是演练技巧的需要，原则上讲不能重复别人，也尽量不要重复自己，这不是说把自己丢掉，而是沿着自己选定的道路，不断向深层次延伸。

记者：许多人都说自己的作品是"中西结合"，但是真正得其真谛者并不多。您对"中西结合"内涵的体会、判断是什么呢？

杨延文：实际上，能做到中西结合的人凤毛麟角。"中西结合"不是口号，必须对东西方文化有深层次的认知才能做到。"中西结合"，既是理念，也是实践。当今世界很小，但人们交流频繁，他们在思想、行动、感情交流上互相渗透，画家和欣赏者的审美观必然发生变化。"中西结合"的本质就是审美观必须前进，不排他，为我所用，这样才能选择。艺术可以有很多道路，完全走西画或中国传统画的路子也可以。1978年我突然改变发展方向，走上"中西结合"之路，也是有基础的。我每时每刻都受民族文化的影响，加上学了四年油画，对西洋艺术的了解也颇多。我一搞就搞了20多年。60岁时，我就能确定我就是结合的典范。"笔墨韵情境"，在我的画中全有。

记者：目标虽然定下来，但是在实践中，还是会遇到这样或那样的问题。您在这条路上走了20多年，是不是也经历了不断修正的过程？

杨延文：其实，最大的弯路就是信念不坚定。比如某阵风刮来，任何一个画家都会关注、考虑自己的画风可不可以来一个革命？面对诱惑，就是你最痛苦的时候。很有可能当你放弃的时候，别人就会捡走，成了他的创造。这个时候，必须回归到原来的你。你创造的是有价值的，一定要捡回。中国画是马拉松式的战斗，急功近利是不行的。它是综合文化的艺术，它需要对整体文化有所把握才能获得成就。一个人不可能包打天下，你只能选择最能表达自己思想的题材、模式、手段作为切入点，不断地磨炼。所以，我奉劝年青人不要跟风。选择对了，就要坚持不懈。坚持不懈，不是说一成不变，而是要微调渐进。微调到什么程度呢？到别人不敢碰撞，一碰撞就是抄袭。我也是经过了好多年才认识到这一点。以前我也曾讲要不断创新，但这就导致原来的东西基础不牢，新的也不行。所以要不断地审视自己，分析自己的成败得失，巩固已有成绩，发展你的未来。这样才能成为一个成功的画家。

记者：现在的美术教育有个现象：一看某人的作品，就知道他是谁的学生，因为作品面貌太像了。齐白石曾说过，"学我者生，似我者死。"所以我很想知道，您作为一名教师，是如何教学生的？

杨延文：我的学生绝对不能像我。我教他们，教的是艺术理念，是如何调动他们的艺术基因。在我的工作室，一人一个样，我不允许他们有重复的东西。我的思维方式和一般人不一样，是逆向的。比如，我不鼓励他们看展览，因为有时候看了展览就把自己忘了。看画，就要研究这画的缺点，这样自己以后就不会犯同样的错误；知人缺点，也就知道自己的优势所在，从而能够理清自己的优缺点。

"绿风"吹唤起了什么

● 马　平

记者：北京画院推出的这次以"绿风"命题的画展创作主旨十分明确：希望以画家手中的画笔唤醒公众对环境保护的重视，进而激发人们申办奥运的热情。在我的印象里，画院已经多年没有搞过这样的以群体形式举办的切入社会层面、关注社会事业的创作展了，由此，使画院给人一种"偏居一隅默无声"的感觉。请谈谈举办这次展览的创意是怎样提出的？

杨延文：你的印象不错，不短的一个时期以来，作为我国成立最早、艺术创作实力最强的美术创作机构，北京画院在社会上确实显得有点儿悄无声息，与北京市发展文化产业的大战略显得不很协调。这有两方面的原因：一是特定的环境使然。艺术的商品化使画家们更多的注重自身艺术个性的发展，关起门来画画，对社会的关注和参与意识显得相对淡漠，

即使有参与的想法，也在如何参与上感到茫然与困惑；二是作为政府办的画院，尚没有在实践中找准自身的功能与社会定位，同样不清晰该以怎样的姿态融入社会，参与到社会文化建设中来。这次"绿风"画展的推出，

在冰岛。

可以视做画院关注社会迈出的一步。画院领导班子去年5月调整后，明确提出要把关注、参与社会当做今后的工作主线来抓，为画家组织、提供、创造更多参与社会的机会。"绿风"画展的创意与筹办也是从去年5月开始的。作为北京的专业画家，为首都环保和申奥做点儿实事，是我们应尽的责任。

记者：在长期形成的个性发展轨迹上，突然以命题创作的形式要求画家们完成一个大主题，拉近创作与社会之间的距离，画家们的反应如何？作品的整体面貌和水平是怎样一种状态？

杨延文：这可以用两句话概括：画家们的参与热情出乎意料的高，创作欲望出乎意料的强烈。在去年底画院组织的"绿风创作写生行"活动中，不仅中青年画家热情参与，一些已退休多年的老画家也激发起热情，纷纷报名，随队跋涉。画家们沿着朱总理视察三北的路线走下去，到赤城、走丰宁、过围场、赴坝上，一直远涉到河南的贫困县南召，一路调研、写生，感受生活，激发起强烈的创作热情。从赤城到丰宁，画家们沿途搜集创作资料，中午竟顾不上吃饭。赶到丰宁

涉坨子村时正赶上下雨，不少画家没带雨衣，就在小雨中即景写生。在围场坝上，画家们抓紧一切机会和当地的环保、植树模范交流，收获颇丰，感慨良多。这样的场景也是画院多年来少见的。由此看出，我们的画家是有社会热情和社会参与愿望的，一经组织引燃，激情会很快转化成动力。

从创意推出到今年植树节期间面世，这次历时8个月的专题画展将展出的50多件作品基本反映出北京画院的创作新思路和新水平。社会生活的体验使相当一部分画家拓展了创作题材领域，以国画人物见长的中年画家聂鸥这次用油画创作的巨幅作品《农贸市场》，场景大，人物多，表现出丰厚的生活涵量，老画家张仁芝采风归来，一气儿画了5件作品，入选3件，都是和环保、绿化紧密联系的北京山水；而一向以人物肖像见长的油画家艾轩，这次别开生面地创作了门头沟百花山的秋景，进入了创作的新领域。

记者：这次"绿风行动"是以一种组织形式重开了北京画家关注社会、关爱北京的好头，那么通过众多画家的参与行为，是否也可以视做北京专业画家社会责任感和参与意识的复归呢？

杨延文：可以这样讲。之所以说"复归"，也可以看出你对北京画院历史的了解。对北京自然风光的艺术表现，是画院几代艺术家的一个优秀传统，而北京丰富的自然景观和浓厚的人文环境也孕育了一代杰出的美术家和一批优秀作品。1958年创作的《首都之春》，更可以视做那个特定的年代画院画家参与社会、关注生活的历史性写照。当时，老画家古一舟、吴镜汀、秦仲文深入生产与生活一线，用画笔记录下大炼钢铁、植树造林的生动历史一幕，不仅留下了优秀作品，也为北京留下了不可多得的史料。时代发展到今天，社会环境在变，人们的观念也在变，然而具体到画家，前辈们留给我们的创作规律仍然适用。归结起来还是关注生活，表现生活，具有社会责任感。这次"绿风写生行"前，画院便组织画家以"火红的年代"为题回顾、研讨了《首都之春》创作的历史经历，不少画家重受启发，深感要保持长久的创作激情一刻也离不开生活，只有关注现实、关注当今人类共同面临的社会问题，才能创作出有恒久生命力的作品。从这个意义上说，这次创作主题明确的画展前后经历与迈出的每一步，确实对画家社会责任感的复归有一种召唤作用。

记者：对于艺术家而言，您认为个人才情与时代发展是怎样一种关系？

杨延文：艺术本身需要才情，艺术创作也需要个性，但是光有这两点是不够的，艺术作品只有紧跟发展变革的时代，才能为社会所认同，进而反过来促进创作。美术创作如果不"入世"，不可能形成广泛的影响。我常讲，艺术创作应是画家火一样的热情和冰一样的冷静思考的结合产物。凡事淡漠，对社会引发不起激情，作品肯定缺乏生命力；反之，如果光有热情，不冷静，不能寻找到一种平和的心态，创作出的作品又多是浮躁的，经不起检验的。因此，只有热情和理性兼备，才能与时代大环境协调一致起来。当然这里最重要的是题材的创新，涉足新的生活才能进入新的领域，才能产生新的艺术语言，才能造就出优秀的画家，产生有影响力的作品。市文化局的领导不久前强调重视复合型人才的培养，对画家而言，就是不仅要懂得笔墨技巧，更要懂社会，由此看，这次"绿风"画展的推出也在人才培养上走出了实际一步。

记者：看来，迈进新世纪的北京画院的确是想借助这次"绿风行动"从沉寂中拔出双腿，在北京的文化舞台上喊出自己的声音，那么，作为画院的主要业务领导之一，您能就盘活画院的文化市场和关注、参与社会的后续举措谈谈认识和想法吗？

杨延文：在这点上，新的画院领导班子确实有长线规划。现在对美术市场的理解有个偏差，好像一提就是卖画。而画院在美术界该起什么作用？如何盘活画院的文化市场这样的大话题却多年忽略。我认为未来美术文化市场的发展取向应是一种整体盘活，只有大的作品才有大的价格，只有大的项目才能争取到大的投入，有了大的投入才有大的产出，有了大的产出才会有大的收益。在这当中，画家是主线，离不开画家的参与，从这点说，画家的参与意识与热情，会使画院的整体形象得以最大化的社会凸现，反过来，又可以拉动画家社会知名度的提升，是一种良性的互动。关注社会、关爱北京将构成画院今后工作的主体。今年3月"绿风"画展一结束，画院将以"远山在召唤"为主题组织画家到河南南召进行文化扶贫。地处伏牛山脉的南召具有很好的自然山水环境，为保护全省环境大局，该县将可耕地建成了水库，当地群众赖以生存的只剩下了大山。然而面对贫困，当地人却没有怨言。我们要通过办画展宣传当地的秀丽风光，为开辟当地旅游资源做点实事，促其脱贫。这次活动的协办单位——中央文献研究室承诺出画集，此外，一个以关注北京人文环境，展现新北京风采的"古都风韵"画展正在紧锣密鼓策划，争取年内推出。明年北京画院将迎来建院45周年，届时，院里将推出一个更高层次的大型展览，将画院的历史辉煌与画院当今艺术家的成就一并向社会做汇报。特别值得一提的是，画院还有一个更宏大的设想，在北京建立"齐白石艺术中心"，使我们这座文化古都再添一处集展览、研究、交流于一体的具有标志性的现代化艺术场馆，中心将专辟展厅，展出齐白石先生的作品，使人们更好地缅怀这位杰出的人民艺术家对中国美术发展和中华民族主流文化做出的贡献。

记者：在鼓励画家关注参与社会生活，不断提升作品的艺术档次上，画院有什么长远考虑吗？

杨延文：北京画院是全国美术创作人才最集中的地方，这是优势，只有把这种优势变成文化市场中的强势，才能重新擦亮画院的金字招牌。最近，一个建立"北京画院齐白石艺术奖"的想法已经萌生，画院会把人才培养和表现时代的大作品的推出放在突出地位来抓，让北京画院重新显山露水，再造辉煌。

情致与启悟

——杨延文访谈录

● 亦 文

　　杨延文，像我所认识的一些画界能人一样，是一位精明的中国画家。他的画，有许多令人困惑的地方。作为一个土生土长的北方人，他的画却常常在苍凉中漂浮着一片湿漉漉的水气，有一种南方水乡的气息；作为一个国画家，他的画却在错杂有秩的笔墨中，透籍着西画表现的强力。也许，在理论家们竭心尽力去寻找艺术表现的真谛时，一些画家却通过自己的作品将理论所坚执的界定加以化解。我想，杨延文正是属于这样一类画家。

　　近日，笔者走访他。

　　记者：前几年，有些人对传统中国画的未来走向提出了"穷'图'末路"说，认为中国画的创作处境危机。对于危机这个词，我们可以有不同的理解和解释，因为人们的审美意识和艺术的表现模式都不是一成不变的。所谓的危机之境，常常就如同处在一个十字路的当口，这个十字路口从另一种意义上来说就是转折点。因此，"穷'图'末路"说或"危机"论，也就预示着某种新的转折。

　　杨延文：从艺术的发展史来说，艺术本身是不会衰亡的，因为它的品级很多。造型艺术随着时代的变迁和审美意向的转化，其表现往往从一种形式中衍生出另一种形式。简单地认为中国画的发展"穷'图'末路"了，这违反了艺术自身发展的规律。而同时出现的所谓中国画创作的"新潮"，只是以惊人之语，希冀运用一些观念来指导创作，或抄袭西方现代艺术流派的东西，失去了对现状的客观把握，这对中国画的发展，仅仅起到了

在大英博物馆。 （摄于1999年）

添加些"佐料"的作用，并非新潮。当然，画家在对八十年代各种冲击潮流有了充分认识之后，逐渐也认识到了自己艺术创作的归旨。而艺术创作又是一项艰辛的事业，惟有踏实地治学之风和学养上的不断丰厚才可以创作出好的作品。

记者：看来，您认为中国画的前景是令人乐观的。那么这种前途表现在哪些方面呢？

杨延文：八十年代的改革开放，给步入不惑之年的画家提供了一个有利选择的时机，也造就了一批有作为的中年画家，时代与生活的磨炼，使中年画家的艺术观念趋于稳定；对西方艺术的广泛吸收和所具有的坚实造型、写生能力，以及传统文化的素养、严谨的治学之风，国外绘画市场对中国画的需求，中国画将会在九十年代有一个大的发展，这是一个必然的趋势。对此采取不承认的态度或采取拔苗助长的方法，都是失之偏颇的。

记者：国外绘画市场上对中国画的需求，您认为对中国画的发展将起到怎样的促进作用？

杨延文：艺术家注意到市场的存在，这是一件好事，但市场并不等于艺术价值本身。中国画在世界画坛上已有它的位置，至于位置的高低则还受到政治、经济等诸多因素的制约。就目前的绘画市场现状而言，中国画的收藏者主要还是海外的华人，中国画廊也主要开在国外的华人区。其次才是洋人，这也是一种正常现象。海外中国人的勤俭美德和对传统文化的珍爱，及爱国之心使他们能够收藏一些中国画，并通过这样一个渠道的收藏、存留，无疑地将对中国画的发展和使中国画逐渐地走向世界，起到促进作用。中国画是靠作品群来展示一位画家的艺术价值和确立地位，西方是靠代表作来使画家闻名。并且，艺术品永远是由少数人收藏的，要求中国画进入到世界各个角落是不切实际的，只能是少数人收藏少数有成就画家的作品。

记者：从您的作品中看出了您试图从林风眠、吴冠中等风格流派中，寻找到独属于自己的表现语言和品格来。

杨延文：一般而言，某一种艺术流派的发展期超不过三代。开宗立派者，贡献最大，功不可没。第三代往往是集大成者。林风眠和吴冠中两位先生都具有深厚的中西文化修养。林先生的画深沉而孤寂的诗意；吴先生的画潇洒而随意，寓不断地创新之中，从容写来。我作为中年画家，除了时代的造就以外，我是学油画出身，15年的美术教育工作中，使我对文、史、哲等学科均有涉猎，加之传统文化的熏陶濡染。使我具备了在中西结合的创作道路中走下去的条件。我想，在继承二位先生的前提下，更注重东方所特有的意境，并充分发挥出来。

记者：有人认为，时下国画界南、北画风趋于并驾齐趋之势，基于地域景观和所形成的心理特质，北方追寻一种苍劲沉雄的流向，南方则保持着清丽婉约的基调。您的作品似乎难以归属某一派别，您能谈谈创作的体悟吗？

杨延文：单纯的苍、涩令人乏味，过分的水墨渲染未免纤弱。苍与润的结合统一方能成大气。在苍中渲染出润致，在润致中表现出情致，体现出妙的蓄含。如何表现出水墨的特点，或者说把握写意画的要旨，我认为是意念、意趣、意境、意象、意度，这五个要素构成了写意画的辩证统一的关系。我觉得创作的灵感总是发生在创造性思维的活动中。我作画时，只有一个基本的意念，在画的过程中发挥自己的创作灵感，也可以说是一种下意识。当然这种下意识是建立在修养与思考基础之上的。绘画到了一定的阶段，对表现形式和技巧的选择是不需要忌讳的，关键在于选择那种最适宜表现观念、情感的手法和形式。比如，我运用墨的玄黑与色彩的互补来造成作品与观者视界的融合，用苍道的笔墨和氤氲的背景来表现历史苍桑的痕迹。这样使作品传播出的情致与欣赏者心中所涌现出的启悟能达到一种默契。

记者：说当前无好画，是一种疏忽或误解，说当时好画多，是一种偏颇或轻信。新的浪潮之后，创作的格局趋向稳定，画家们都从自己的审美个性出发，走向沉潜，去寻求新的切入口。我希望您的作品在传统的中国画坛上超越与集大成。

杨延文：人如果解数多了，就容易超脱。我现在很平静，我知道我该如何走，应到什么地方去，就象我的画完全是按照自己对事物的理解感悟去画的一样。

清水出芙蓉

——小议杨延文画展

● 黄苗子

"人的形象不是上帝造的，上帝的形象却是人造的"。

作为艺术家的杨延文，相信这个真理，他说，没有人的形象，再高明的宗教艺术家也不能凭空画出一个谁也看不见的"上帝"来；只有通过人的形象，由艺术家的心灵（根据人的意志）给予再加工，才能创造出"上帝"的完美形象。

面对一片美丽的风景，你不觉引用古人一句成语，叹气说"江山如画"，这又是一条真理。画，决不是江山的重复，它必须在真实江山的基础上，经过艺术家心灵的抉择取舍，把真实江山去芜存精，去饰存真地表达出来，使图案画江山更美。离开了江山，就没有画，但一成不变地"如实反映"江山，也不能算画。画需表现江山最集中的美，本质的美，然后美的江山才能"如画"。这是自然真实与艺术创作的辩证关系。

杨延文，河北农村的一个穷孩子，从小就爱东涂西抹，给人家画炕围，画灶披间。父亲为了培养他成才，送他到北京门头沟五十二中念书，石景山的郊野景色，永定河边的水际风光，吸引和陶醉了这个年轻人。老师又是一个爱好美术的人，常在假日领着孩子画风景。杨延文就从中学时代打下了画画的基础，后来他考进了艺术学院，有幸在吴冠中老师的指导下，受到老师刻苦追求艺术的感召，

在中国美术馆举办个人画展时，方毅副总理题写会标并出席开幕式。（摄于1987年6月）

从此，他便一心一意、一步一个脚印地向艺术的道路上迈进。

杨延文现在已经是北京颇有成就的中年画家，他谦虚朴实，他常常想：作画格调要高，但感情却应当和广大人民接近。他记着吴冠中的话："要开辟自己的境界。"他有很好的技巧，但他并不玩弄技巧。这次展出的七十件作品，象《中流激水》、《小放牛》、《对弈》、《两水汇合》等，都使人感到朴实厚重，不事雕饰。但是他在块面切割的讲究上，却十分注意，每一幅作品都在确立了"骨架"之后，环环紧扣，着意刻画，使人享受到构图、色彩、笔触的愉悦舒适，无论是白洋淀风光或天平山色，既是写实，又是通过画家头脑整理过的真实。看了这些作品使我领会到"江山如画"、"人造上帝"的道理。

作为吴冠中的弟子，又是有油画——静物、风景、人体的基本功的杨延文，在中国传统绘画中有着十分广阔道路。延文有充分的信心一步一个脚印地走着自己的道路，去攀登一个又一个的高峰。

李白有句诗："清水出芙蓉，天然去雕饰"，从事艺术的人都能领会：雕饰容易，"去雕饰"的境界比较难。大家喜欢杨延文的作品，我想主要是因为他质朴天然的风格。

初识杨延文杂想

● 秦岭云

在我的画室里，幸会到崭露头角的中年画家杨延文同志，时在1984年冬日，那是雪后天晴，从窗外射进来的阳光明亮而温暖，颇有阳春又到之感。

读了他的佳作之后，我挑战似地探询他作画的过程、甘苦和见解，并要求他谈谈对于近日几个来自海外的画展的看法。万没想到，他是那么健谈，谈得头头是道，极有见地！过去风闻他才华不凡，一见之下，才知名不虚传，更增加了我对当前中青年画家的敬重。

《江村疏雨》一画荣获意大利国际画展金质奖一事，使他近十余年由油画学习转入洋为中用的国画实践，得到了国内外的重视，但他并不满足于目前的处境，用他自己的话来说，他又来到了十字路口。回顾昨日，瞻望前途，应该如何走下去，是一个严峻的课题。

在艺术旅途上，难免碰上十字路口，往往还不止一处，有时还会误入迷津，转来转去，又回到原地。这就需要画家的冷静和勇气。作画本来就不是只靠眼睛和手指就能解决问题的，只有善于思考的人才能保持艺术的不断前进。想法是主要的，技法是次要的；要变革技法，首先要提高想法。延文同意"太古无法"，"法随心生"之说，这就不是所有画人都肯接受的观点。他提出"一定要变法，而且要时时不断去变，不可等到衰年才去变"，面临十字路口，不许后退，不可徘徊；原地踏步，等于停顿。他说"重复自己也仍然是临摹"。他如此说，也是如此作的。留心他的作品的朋友们不难看出，从1978年他进入北京中国画院以来，画风是明显地迅速地变化着，他先后摆脱了这家那家给予他的影响，又不断接受过这家那家新的感染。杨延文的画得有今日，固然是时代有伯乐，社会具慧眼，但是他本人的努力乃是主要的原因。

杨延文曾从张安治、吴冠中诸同志习西画，对西方绘画的理论、技法早有接触，以此为基础，继之以中国山水画的实践，力意创新，熔东西绘画于一炉。近年所作，意新情浓，技法上讲究笔墨的韵致和色彩的情调，不少新作，为人称道。他善于理智从事，不愿意躺在历史的席梦思软床上睡觉，他早已不满足于对西方绘画的简单移植，也不喜欢某些陈旧或油滑的国画。为了进一步掌握中国山水画的神髓，近来又热衷于对传统山水作品的临摹，打算从"简"、"拙"着力攀登一步。这大概又是他又一次变化的前奏吧！他笑着对我说，第一步要占领阵地，第二步就要开拓疆土。我也应声哈哈大笑，搞艺术是应该有些"野心"的。我期待着他更大的成功！

近来，各省、市美术出版社陆续出版了一些中青年画家的画集，湖南美术出版社继姚奎、张步等人的画集之后，又出版《杨延文中国山水画集》。这是一大喜讯，既可反映我国绘画艺术的繁荣，更会鼓舞更多的富有才华的青年从事艺术实践和探索。从出版工作来看，打破了过去的格局，活跃了阵势，为国家发现培养扶植了新生力量。作为美术工作者，我们应向今日出版界的伯乐致敬。

山 川 言 志

——杨延文的水墨意境

● 席梦草

继承着二十世纪早期以来的革新中国画精神,中国现代中青一辈的画家尝试各种实验,藉以锐意求变,闯出自己的新路向和取得艺术成就。然而中国水墨画如何变革,始终亦以"笔"、"墨"为依归。无论笔墨是表现具象或抽象的形象,必需要反映画家的思想意念、独创精神和民族特色。北京画家杨延文是中国中青一辈的杰出画家之一,力图在中国水墨画领域中创立新面目。他曾在北京艺术学院接受正统绘画训练,涉猎素描、油画,同时也奠下中国水墨画稳健的根基。他亦是现代中国画大师吴冠中的高徒。吴氏早年专攻水彩、素描,但如徐悲鸿、刘海粟、林风眠等大师一样,他后来亦回归中国画,以优美流畅线条和写意色墨点染创造山水新意境。然而杨延文却未墨守其师成法,他的画作不若吴冠中抽象化和西化,而且符合自己个性地深入探讨中国水墨精神,具有浓烈的乡土感情,

体现着深厚的民族特色。现代中国画家大都着重观察自然。他们均认同必须亲身体会各地风土人情,人民生活,才能获得真情感受,使自己的艺术得到升华至更高境界。因此,现代画家摒弃了传统文人画末流那种凭空臆造的习向,转移游历各地,从自然风光和人民生活得到启发,提升一己艺术素质。杨延文也不例外,他曾游历中国西南、西北、四川以至庐山、太行山等名山大川。太行山色、江南水乡、西北民居、北京小巷成为他笔下常见题材。他通过敏锐的观察、流利的笔触和淋漓的墨韵捕捉了湖光山色的、情韵。他的画作具有一定写实意味,同时藉着个人色彩的笔墨技巧,将写实与写意意念相融合,创出情韵与技巧兼备的作品。线条勾勒物象轮廓,墨韵加强物象的层次和深度感,两者都必须藉着娴熟的笔墨技巧来表现。杨延文早年致力素描,尤其受到吴冠中笔下线条的影响。他对线

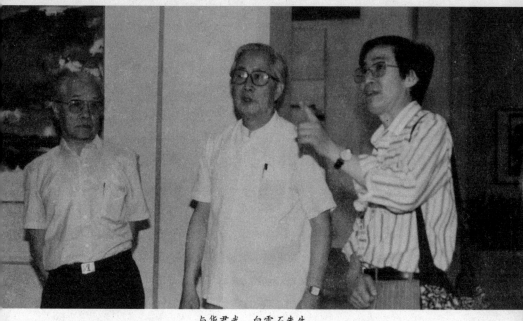

与华君武、白雪石先生。

条的运用已达随心所欲的地步，他不像古代画家那样拘于特定的皴法形式，而是自然地利用线条作抽象化描画。他笔下的线条或正或敧、或灵动迅疾、或悸动紧密，流露一种速度和力量感，令描画的物象蕴含生气和韵律。他亦用简短的细碎的线条作方型、圆形和不规形勾划砖墙、石子路、树叶、果实等，加强画面质感，亦寓写实意味于其中。这些线条描绘技巧，可从今次画展中的《金秋》、《柿子熟了》、《太行山村》、《小巷》等作品中得观。除了充分运用各种线条外，杨延文画作的另一特色是处理色墨的技巧。古人常谓"墨分五彩"。墨色的深浅变化，不但加强画面的深度和层次感，还能产生光与影的效果，这是中国水墨画独到之处。杨延文绘画山水，常用晕染、破墨、泼墨等手法表现天空、水光与山色。例如在画展中的《太行山色》图中，他以细碎转折线条勾描石寨，而背景则全施以水墨、花青、石绿晕染，苍茫一片，表达山峦间的丰滋树色。这样不但使石寨形象更为突出，还产生了高度层次感。在《风梳柳》图中，他以印象派手法描绘江南水乡。画幅下半部以花青、水墨融合晕染，色墨的自然融合浅深有致，表达了水乡河道上的水影，配合其上简简写就的小艇，令观者彷佛感到河水流动，波光掩映。在《江村图》中，这种利用水墨晕染来制造的层次感觉更表露无遗。前景以水调和花青，稍加少许淡墨，象征江水滔滔。江水之上再以水墨调合赭石晕染，表达平坡陆地。中景留空，以线条勾描果树、树色、窗扉来描画山村景象。他不但利用"虚"、"实"手法处理画面，还显示了光线投射的角度。村庄屋顶以水墨染画，但加上少许渴笔擦皴表现质感。背景再以水墨花青大笔垂直扫染，象征群峦，其上则留白象征天色。这种层层晕染，制造出不同层次和深度的手法，反映了杨延文在构图上的独特思考和创新表现手法。

中国画非常注重"虚"、"实"对比和平衡。留白的"虚"可以制造画外有画的效果，亦可产生透气和平衡的作用，使画面不致流于呆板枯燥。杨延文于中国书画传统下过一定工夫，深明画理；同时他从西画中领略"光"、"暗"对比的重要性。他成功地采用了以留空的虚位代替光线的投影，并且舒缓画面压迫感，将观者引入更深层次的想像中。在展览中《仙乡水云》图中，他在前景留空，平衡了画面上中部的水墨晕染，象征着水光掩映。而画中心桥底下，他又再次留白，这不但加强了水乡河道的层次，而且将观者沿此虚处导游至无限想像之外，产生意在画外效果。在《小巷》一图中，他以线条勾描石子巷，巷左方施以墨染，代表阳光受到屋子阻挡而投下的阴影。左方屋子亦加以较重的染画。巷右边则大部份留白，象征光线投射在石子路上，而右方屋子亦大量留白。通过这种表现方式，他成功地传递了光线投射角度的方向。画中央挡着视线的墙壁则全面留白，产生透气效果，亦打破了小巷的狭隘感觉，同时使观者的想像去至更深远境界。中国画家和文人非常注重"诗"、"书"、"画"三者的结合，所谓"诗中有画"、"画中有诗"；诗意可以将绘画提升至更高境地，予人们无限想像，作为一位成熟的画家，杨延文自不会忽略缔造诗情画意的重要性。如在展览中的《得鱼图》，他以浓墨花青晕染，与右下方留白成一比对，而画中半欹坐的人物，以极简单线条勾描，一手持竿，一手正手捉钓获鱼儿，颇有"得鱼忘筌"的意味。人物的造型表情俨如归逸山水间的高士，藉垂钓以寄闲情。画中意境，令人联想起陶渊明、李太白等逸士故事而感到心神宁静。另一幅杨延文画作《和风饮甘泉》图，则使人联想起傅抱石的山水人物作品。背景雄伟的山峦与前景湍急奔流，营造了生动活

212

跃的气息，而画中留白处绘三位高士，意态闲适，正试饮甘泉，与四周的山水环境形成对比，引领观者进入古人徜徉於山水间的闲情雅兴。他的杰作之一《金色的梦幻》则是以既写实，又写意的手法绘就，金黄色的累累果实、留白的屋居墙壁前景的花青晕染，互为衬托，缔造了如梦幻的境界，而房舍前随意绘画出鸡只和篱笆，更增添了自然韵致。此图实显示了杨氏以现代的绘画手法表现梦幻般的诗意画意，别具特色。他的其他画作，多以晕染和率放的笔墨绘画，

每蕴含一种朦胧的美感，达到诗情画意的效果。作为一位现代中国画家，杨延文结合中西画风，而重新专注于水墨。他融合了块面和线条、虚与实、色与墨，以酣畅淋漓笔墨发挥自己风格，创造出中国画的新情调和意境。他的画作殊受中外人士重视，曾获意大利的国际金质奖，已具一定国际性意境。这次"杨延文画展"，是他过去艺术历程的一个小程，希望杨氏能在未来岁月中，继续努力不懈探索中国画的新路向，获取更大成就。

在北戴河创作作品时，与国防部长张爱萍和夫人在画室合影留念。

书画拍卖市场的"新宠"
——记大陆中年画家杨延文

● 召 昭

现为国家一级画家的杨延文，近年来被称为海内外书画拍卖市场上的"新宠"。自1987年起，在国际著名的拍卖行佳士得、苏富比及大陆荣宝斋所举办的拍卖会上，期期有他的画作入选，且价格稳定在一万港元一尺，在整个艺术市场价格颇不稳定的状态下，呈稳中有升之势。这不但在大陆中年画家中堪称独一无二，甚至也超过了一些老一辈著名画家。

杨延文是被称为"中国现代画大师"吴冠中的大弟子。在画风上，他与其师相似，走的也是"中西合璧"的路子。杨延文称，在艺术观念上他深受老师吴冠中影响，即创作"具有文化深度的中国现代山水画"。

但他同时也表示："艺术本身成功的关键不在于传承，更多的是靠个人的观察、领悟和创造。"经过多年探索，杨延文已自成一家，他在解释自己与吴冠中绘画风格差异时说："吴冠中在法国留学多年，非常注重对西画的借鉴。而我更注重在现代绘画中注入中国传统文化内涵。

我的画在观念手法上是现代西方的，而在主题意境上则是东方传统的，包括用墨、用线更是地道中国的。

对收藏家来说，西画的语言结构，如大块黑白对比、强烈色彩反差和追求感情上的强刺激，符合他们对画作现代性的要求。深层的传统文化底蕴，又使他们感到收藏的毕竟还是一幅中国画。"杨延文承认，这是他的画在老、中、青画家中受到广泛承认，并在拍卖市场"受宠"的一个重要原因。

杨延文1963年毕业于北京艺术学院美术系，1983年以山水画《江村疏雨》一举在意大利曼齐亚诺国际美展上获金奖，于众多默默无闻的"小字辈"画家中脱颖而出，使大陆美术界为之侧目。五年后他又在大陆美术最高殿堂—中国美术馆推出大型个人画展，全面展示了他在艺术上的实力和潜力，许多著名老画家亲临画展后，认定杨延文是当代中国画坛后起之秀中极有发展前途的一个。

美术界一些评论认为杨延文继承了中国传统艺术的精髓，在强调笔墨功夫的同时更注重艺术家的内在修养，著名美术评论家夏硕琦称赞他能"外师造化，中得心源，神会山川，道（自然之道）艺合一。"吴冠中更称这位高足的画作为"六十度的白干，一点也不掺假。"

杨延文表示，对于一个艺术家而言，不断提升自己的人生境界是最至关重要的，他自己每一时期的画作都是这一阶段人生境况的艺术写照。随着年龄的增长，他越来越追求潇洒、自由的境界，画也越来越"玄"了。

杨延文最近完成的新作取材于李白的长诗《将进酒》，画面上，李白与他的酒朋诗友狂歌豪饮，一副"千金撒尽还复来"的狂放姿态，杨延文说，这正是他现在的心态。

馅饼·柿子及其他

——记山水画家杨延文

● 包立民

今年年初，就听说杨延文要在仲夏时节举办一次画展，他也曾邀我去他的新居小坐。当时我总觉得办仲夏画展为时尚早，而去新居小坐的机会又颇多，便耽误下来，不料转眼间，他的画展已经在中国美术馆展出了。

我与延文兄有过一面之缘，那是在四年前的一个初冬。那一年，他的中国画《江村疏雨》荣获意大利曼齐亚诺国际金质奖。一家香港报刊约我写一篇有关他的文章。当时我与他素不相识，只零星读到过他的几幅作品，只知道他在北京画院任专业画家。我从画院打听到他的住址，就登门当了不速之客。

初次见面，他给我留下的印象是，热情、耿直、有才气。问及获奖之事时他开玩笑地说了一句："天上掉下来的一个馅儿饼！"

事后，我才知道，在一次为他举行的颁奖招待会上，他不坐主案坐边桌，当名画家黄胄端着冷饮杯，从主桌走来向他祝贺时，他也笑嘻嘻地说了这么一句"天上掉下来的一个馅儿饼"。惹得黄胄收起了笑容，当着众人克他道："不要乱说，馅儿饼也能从天上掉下来吗？"

事后我才知道，他并不是真的这样认为的。"人怕出名猪怕壮"，他这样说是出于谦虚。

时下盛行着这么一种风气，一登龙门，身价百倍。搞艺术的人，只要在国外一得奖，往往成为明星。记者、编辑频频采访约稿，慕名者登门求见不绝，赞誉之声灌耳，嘲讽之音四起……获奖者不是被捧煞，就是被棒煞。杨延文深知个中原委，他暗暗狠下决心，要苦干五年，创作一批高质量的作品，当然也要有突破现有获奖水准的作品，开一次个人画展，向师友同行证明：杨延文不是躺在金牌牌儿上睡大觉的人！

是的，杨延文并没有躺在金牌牌儿上睡大觉，几年来，他不断深入生活，爬山涉水，走乡串村，"搜尽奇峰打草稿"。不过，要说明的是，他爬的山，不是名山，他涉的水，也不是大川，而是常人少去的山山水水，包括故乡故土的村村镇镇。几年来，他不断地用创作实践在探索：中国画如何出新？现代山水画如何把握、体现时代脉搏？如何在借鉴、运用西画的体面分割的形式规律中保持中国画固有的民族特色？

不到五年的时间（准确地说只有四年），他拿出了一百幅作品（三十幅扇面，七十幅立轴、横披），终于在中国美术馆开起了个人画展。

也许是出于对他这次展品的特殊偏爱，我先后四次光顾了他的展厅，细细观摩了他的每幅作品，最后一次，还请他的恩师吴冠中细加评点。我的感觉是，较之四年前的作品，他的近作，生活气息更浓了，时代脉搏更强了，个人风貌更突出了，中西技法、笔墨色块融合得更和谐了。

读杨延文的展品，无论是大至丈二的巨幅山水，还是小至尺幅的扇面小品，能让人如沐春风，有一种无限生机的感受，一般来说，看山水画展最怕面目陈旧，或大同小异。为什么会有陈旧雷同之感，恐怕是画家闭门造车，一落笔就掉进了古人或自己固有的艺术模式中去。但是杨延文画

展面目一新，绝少雷同之作。即使以他创作的一组同一题材，同一村景（塔崖村景）来说，也是各呈风貌，各具境界的。杨延文的胸中自有万千丘壑。

不过，同样深入生活，同样爬山涉水，同样写生速写，效果也不尽一样，甚至大相径庭。我问延文，在生活中，你主要捕捉的是什么？他笑着告诉我说，捕捉最能打动我的东西，这东西，也许是大家司空见惯的，也许是常人不易察觉的，但一定要打动我，能引起我的联想。

接着他给我讲了一个小故事，去年秋天，他与两位同行者到太行山写生，山山水水看了大半天，毫无所获。途中，肚子饿了，前不着村，后不着店，无处充饥。忽见两旁柿子树下，堆放着不少柿子，他掏出钱来，向农民购买柿子充饥。一位老农见他要买柿子，也不接他的钱，从柿子堆里挑了几个较熟的柿子给他，他接过来就吃，一连吃了八个，还想吃。老农赶忙制止道："不是我舍不得让你吃，空肚子吃柿子，吃多了要死人的！"他的心热了，多么淳朴敦厚的老乡呵！

吃完柿子，他与两位同行者又往前走去，走着，走着，眼睛忽然一亮，一个古老、淳朴的村落出现在面

前。黄昏时分，炊烟袅袅升起，鸡归窝了，狗汪汪地吠着，此情此景触发起他童年时代的回忆，他仿佛回到了生养过他的河北农村，仿佛又见到了淳朴、慈爱的父老乡亲，他的眼睛湿润了，他赶快取出速写本，飞快地用符号记下了他熟悉又亲切的景物。在画展中展出的一组"塔崖村景"就是在这种感情的支配下创作出来的。写真景、抒真情，这也正是杨延文创作的主导思想。

闲谈中，我与他忽然谈到了"有我之境"、"无我之境"，竟你一句我一句地凑成了王国维的这样一段名言：

古今之成大事业、大学问者，必经过三种之境界："昨夜西风凋碧树，独上高楼，望尽天涯路"，此第一境也；"衣带渐宽终不悔，为伊消得人憔悴"，此第二境也；"众里寻他千百度，蓦然回首，那人却在灯火阑珊处"，此第三境也。

王国维不凡，杨延文亦殊绝！

在意大利比萨斜塔前留影。　（摄于1992年7月）

杨延文的艺术道路

● 夏硕琦

　　杨延文的山水画艺术，在当代中国画坛上，独具风姿。这与他所走过的艺术道路和他的艺术追求密不可分。

　　他原是画油画的，"半路出家"画起山水画来。其所以要"半路出家"，这我没有和他本人深谈过。但从他"出家"之后所走过的道路来看，主要不是社会环境等外在原因，而是内在艺术选择的需要，是审美表现和艺术创造的需要，也就是说，是由他的艺术追求和艺术气质所决定的。

　　西方油画的艺术表现不能满足他的艺术追求，中国传统山水画的艺术语言也不能充分实现他的艺术愿望，他终于走上了中西合璧的道路。他在西方艺术和东方艺术的融合中找到了自己，而后便在这条道路上开足马力，"勇往直前"。

　　他1963年毕业于北京艺术学院美术系，1978年进北京画院山水画创作组，这15年间，杨延文在美术界还默默无闻。而1978年到北京画院山水画创作组之后，到1983年，其间不过五年时间，他创作的山水画《江村疏雨》一举在意大利曼齐亚诺国际美展上夺魁，荣获金牌奖。如果说这是个别性的胜利，那么，到1987年（又不过五年时间）他在中国美术馆举办"杨延文画展"时，就较全面地展示了他的潜力和所取得的艺术成就。这时的杨延文已是一位引人注目的画家了。

　　分析杨延文艺术现象，观察他所走过艺术道路，我觉得有一点值得注意。那就是：他画中国画没有走传统的学画老路。没有从"传移模写"入手，没有走先面壁十年"打进"传统，练好基本功，再跳出来创新的传统学画模式。而是从主体感受出发，为了充分地、惬意地、淋漓尽致地表现自己的生活感受，而不拘一格从中西艺术的表现语言中和各种技法中掘取所需。从他的艺术中可以看出，他每每以生活中直观的、生动的、即兴的，或者以在即兴的基础上生发的审美感兴为酵母，酿造出审美意象，在创作中他可表现这最富有灵性的审美意象而取法中西，为我所用。可以看出，他的画既从传统和西方绘画中汲取营养，也从老师和同代人中学习。他的这种路子，必然地存着传统功力不足的缺陷，也有不为成法所囿、主动进击的优长。

从他历年来的作品中可以发现这样一个事实：杨延文意识到了传统笔墨工夫对艺术表达的重要。他不断注意补课。但这不是为了形式上的装饰，技法的炫耀，而以主体情感和审美意象的充分表现为主旨。他早期的作品得益于西法，写生性强。成熟期的作品则着力于作品的内涵。由自然景物的再现，发展到应目会心，着力表现心灵的审美体验。杨延文创作中的这种转变，并不是孤立的现象，当历史进入八十年代，中国一代中年画家，大都经历了这种"向内转"的艺术转变。这，自有其深刻的历史原因。

在中国艺坛上，在对待生活与艺术的关系上，在对待艺术中主体与客体的关系上，都曾存在着直线性和简单化的学术见解。在艺术理论中忽视了主体性，没有强调和深入去研究

在纽约市立大学讲学，旁为董鼎山系主任。（摄于1987年）

艺术家在生活与艺术之间的能动的中介作用。整天讲传统、讲继承，但多侧重于笔、墨技法，对传统的艺术精神和艺术观念不甚了了。杨延文创作中发生的"向内转"的变化，既来之于以现代意识对传统艺术精神的再理解，再认识，也来自于强调主体意识的时代文艺思潮的启示。

八十年代中期，各种现代文艺思潮风起云涌。非理性主义，抽象表现主义，新古典主义，波普艺术，达达艺术……颇为流行。在艺坛上各种艺术观念叠起、并存，正当否定生活是艺术的源泉的理论呼声正高之时，杨延文在"杨延文画展"记者招待会上，再次说明了他的艺术观。他当时解释说，他的艺术观念可能已经不合时宜，但他要当画家，想画出先感动自己再感动观众的有新意的山水画，他必需到生活中去。他信奉"行万里路，读万卷书"的古训，他追求"养生扩充，览之醇熟"。

这是心里话，也是实在话。因为，东方艺术和西方艺术是两种不同的艺术体系，其艺术观念和创作方法也不大相同。多年来他不辞辛苦，走南闯北，他到青藏高原，江南水乡，太行山区……餐风沐雨，体验自然。各种形态的美存在于无限广阔的生活之中。时代的陶冶，生活的刺激，生动的直观，或基于修养的顿悟，才激发出他创作的激情和艺术灵感。没有桂林的生活体验，他画不出《晓月下漓江》的润湿，空明和幽静；没有江南水乡的生活体验，他画不出《二月春风》里那种江南水乡特有的黑白对比之美和蕴藉其间的文化情韵，也画不出《魂断苏州桥》里那种朦胧的、内含着悠悠东方情调的幽深之境。长城系列画，更是他塞外生活体验而得来的心灵感受和凝聚。《关山月》中月色之荒寒，情调之苍凉，既受"秦时明月汉时关，万里长征人未还"诗意的启迪，更是他夜半更深，孤身只影，独步古长城头的特殊情绪体验。月光之下，他似乎听到了历史的呻吟，看到了刀光剑影。当然，没有《出塞》这类优秀古典诗篇的熏陶和文化积淀，即令是他身临其境也未必能感悟到这种境界，产生这种审美印象。

生活与艺术之间不是直线的，像镜子一样的反映和被反映的关系，其间有艺术家这样一个高度复杂的、能动性极强的中介。这个中介的能动作用的充分发挥，才使艺术升华，才造出高妙的境界，从而艺术才能超越具体的生活形态而比生活更美。也才使艺术内涵深化并从而更富有精神性。

艺术经验告诉我们这样一条规

在新加坡举办个展时与潘爱和谢声远在开幕式上。(摄于1996年)

律:画家的长期修养，与生活的直线启迪相碰撞、相生发，会像火石一样闪射出光芒，这就是艺术灵感的灵光。在中国传统艺术理论中何以十分强调艺术家要"行万里路，读万卷书"，何以高度重视艺术家的品性、道德、学养的修养功夫，道理正在于斯。

长期以来，人们在谈传统时，往往过多地强调了笔墨传统，而忽略了艺术家的修养功夫。而后者恰恰是决定性的、主导性的因素。人们在谈论艺术创新时，也常常着眼于形式方面，而未把艺术境界的创造放在首位。我认为境界的创新，才是真正的创新，才是艺术家艺术追求的根本。

境界固然要依托于笔墨，或者说寓于笔墨之中，境界要在笔墨中得以体现。但笔由心使，墨由心化，境界是艺术家丰富的修养以及心灵顿悟在艺术中的闪光。有些画家劳顿一生，而无成就，常与方法上的舍本逐末有关，每每把酷似某家笔法，放在首位，而遗忘其传统的艺术精神，虽可得僵死的躯壳，但终不见艺术精神的灵光。也有与此相反者，不守法度，逐日花样翻新，在形式上作文章，艺术缺乏内在生命，也终显苍白。

杨延文的聪明和才气，恰恰表现在他不本末倒置，把主要精力用于艺术的精神内涵的追求上。孜孜以

求，乐而忘返。他的创作虽不见得都完美无缺，但可以看出方向是明确的，他肯于把"好钢用在刀刃上"。他创作的长城系列，如《喜峰口》《故垒风云》、《关山月》……，都表现了他艺术创造的着力点。

大自然或人造的文化景观的自然形态，固然很美，但观众要求于艺术家的，不仅仅是要再现自然美，而且要表现精神美、文化美，文化层次高的、有鉴赏经验的欣赏者，还要看艺术家如何以他个人的"文化眼睛"去感知、领悟、选择自然，看他在与自然的神交中产生什么样的审美感兴，看他在浓情熔铸下在胸中形成什么样的审美意象，并以怎样的艺术形式呈现出来。

绘画是一种只为视觉而存在的空间构成。通过视觉而刺激统觉，从而引起一系列的欣赏过程中的复杂的心理情感活动。"世界上每一个形式都表达着某种意义"（康定斯基）。倒立的正三角形，给人以不稳定感，正立的正三角形犹如金字塔，又给人一种安定庄严之感。点代表着静止，线又孕育着运动。锐角给人以紧张感，钝角又逐渐失去攻击性和刺激性。"每一种色彩都引起精神上的共鸣"（康定斯基）。白色让人感到静谧、沉寂，但又孕育着希望的平衡，黑色表现为深沉、死寂、停顿。黄色调让人热情洋溢，蓝色调让人感到寒冷。红色热烈、温暖，闪烁着内在的光辉，但又不具黄色那种轻狂的感染力。灰色显示出一片荒凉、萧条。然而，画家对形式的驾驭却并非目的，而是使形式因素服务于、适应于内在的含义。

杨延文把在西画中学到的形式结构的知识、色彩学的知识运用于山水画的创作。他常通过由他创造的视觉形象，引起丰富的心理情感活动。我且以《喜峰口》这幅画为例加以粗略的分析。当你站在这幅画的面前，一种抚今追昔，凭吊历史，沉思人生的情感，不禁油然而生。画家是用何种手段，通过什么样的视觉形式把这种复杂的情感联想活动刺激起来的呢？我试从形式结构上作总分析。在这幅画中画家用大泼墨手法，沿倾斜线方向泼出沉重的翻滚着的乌云，这部分在画面的整体构成上所占的面积、体量都极大，在心理上造成一种强力的运动感和压迫感，在浓重的乌云之下，是直刺苍穹的古长城楼，又产生一种向上运动的冲力。这种相互对立、交错的动态样式，在心理上造成一种张力，激起观者相应的种种情绪活动。画面上特定的文化景观，塞上特有的荒寒、幽远的情调氛围，以及各种景物并置和对比的手法，便造成了观者复杂的内部心态，在统觉的作用之下，引发起种种联想和再创造的主动性。

他的《故垒风云》的艺术手法与前者相类似。这里仅从色彩的运用方面作点分析：天空流云用大面积的冷灰色，给人以难以忍受的荒寒和萧瑟感；与天空相对应，大地又是一片浓墨和古长城楼的黑色身影，让人感到一种已逝去的、令人窒息的历史的死寂感。在天与地的交接处，画家却匠心留下一线空白，这白色既让人感到一种静谧，同时又满怀着平静的希望。从画面的构成来看，块面结构的艺术处理上的整体性，又透露出深沉的力度。

杨延文以中国的艺术精神为他创作的灵魂，又在充分表达内涵的前提下，适度地吸收西方绘画的方法，融会其中。不论是形式结构的方法，色彩的方法，或是造型的、透视的方法，他都经过改造以后为我所用。杨延文艺术道路，就是在这样的日臻自觉的创作思想指导下，向前开拓蜿蜒前进的。

不少画家常着力于外在景观的再现性描述。这固然能产生表达自然美为主的很好的作品。但从欣赏的角度来看，观众要看的不仅是外在景观，而且更要看画家的"内在景观"及表达方式。所谓其画中的"诗意"、艺术的"魅力"，或者拨动接受者心灵琴弦的奥秘主要在于斯。不论怎样，绘画艺术是"感性地摆在我们面前的心理学"（马克思语）。

绘画形象、意境，其实质是艺术家主体心灵的独特展示方式。我们常说"画如其人"，从画中可以透视画家的个性心理。而艺术的独创性——这位艺术王国中的公主，她独有的娇艳与美丽的程度，恰恰与个性心理，个性审美感兴的独特性及其表达方式的巧妙与充沛成正比。我们又常读及艺术的表现性，其实是情感、心理、心灵、审美感兴在艺术中的显现。艺术贵乎独创。独创性获得的前提应是艺术家必须不做前辈大师的奴仆，必须找到自己，解放自己，勇于用自己的眼睛去观察生活，用自己的真实情感去感悟生活。因为绘画形象、意境来自主体对外部世界的感兴和选择，来自主体内在

现实与外在客观的独特交融。任何外在现实都具有多义性。比如画长城，可画其建筑的雄伟、壮观，以表现古代劳动者的创造精神，可画其绵延千里，势如飞龙，以表现中华民族的伟大气概。然而，杨延文在这多义性的选择中，没有去重复别人，而是以个性化的角度，去沉思、喟叹历史、文化。这是时代提出的课题，也是画家的感情所系。因而，他的独创性不是人为的造作的强求，而是内在的自然的生成。

如前面提到的，杨延文的早期山水画创作写生性强，进入八十年代中期，也就是他的成熟期，他就摆脱了西方的写生方式，而追求传统的艺术精神："外师造化，中得心源"。画山水务求神会山川，以个性心理为中介，构筑艺术世界。古代大师把物我交融，合二为一，主客体之间的绝对界限消失，天人合一，视为创作的理想境界，因为惟有如此，艺术创作才能由表层进入个性心理的层面，才能达到道（自然之道）艺合一。据我看，杨延文理会了这个方面，并努力在创作中沿着这条轨迹摸索着前进。

杨延文的艺术有一种清俊雅赡，洒脱之美。他擅长以墨韵、彩韵的自

然天成来统一画面，以宣纸、毛笔所产生的特殊味道的黑白灰关系来渲染情致。他笔下的景色多是朦胧的。这朦胧感的作用犹如美人脸上的一层面纱。人们都有这样的审美经验：月下观花花更好，雾中看景景更美。月光、迷雾使物象多了一层含蓄、朦胧，隐藏了一种内在，造成了一种适度的距离。这距离不太近，真切到连毛孔也能看见；不太远，淡漠到连印象也不清。而是风姿绰约，若隐若现，引人遐思。现代接受美学极重视观者的参与，绘画中的朦胧，正调动了这种参与意识，观者在欣赏中的再创造，浓了许多余味。

新的意境要通过新的表现手法和新的笔墨技巧来体现。杨延文十分重视水墨技巧的创造与发挥，在创作中他根据主题情调的要求，手法灵活多变，以笔、墨、色、纸的不同结合方式，创造特殊的艺术效果。或墨彩融会，或彩嵌于墨，深融、响亮而又富有韵致。他擅于用水，他的画像刚画完一样，有一种润湿感，清新感。仿佛是水给他的画面注入了情调和韵致似的。但这是他的属于形式风格方面的特色，我以为更重要的还在内部，在于他的审美视角。值得注意的是他常以文化的视角来观景、取景、

现景。他的江南水乡系列，如《枫桥夜泊》、《燕子声声里》等，画中的古桥，小镇，水巷，小舟……使人触物生情，诗兴勃发。这些画像散文诗一样，散发着浓郁的东方情调和东方文化气息。

八十年代，在中国是一个富有生机的艺术新时代。这个时代的艺术以开放，吸收，融会、创造为特色，以传统与现代的契合，中西艺术的交融为特征。但随着历史的发展，将会越来越明确这样一个趋势：即这种交融是有主体的交融，在中西交融中以中国的文化为主体；在传统与现代的结合中，以现代意识为主体。唯其如此，作品才能是反映了时代精神的，又包涵了东方文化精神与风采的艺术。

时世造英雄。开放时代也造就了一批具有开放意识和开放精神的艺术家。杨延文是其中的一员；他的艺术是开放的，他从西方艺术中积极吸收艺术营养，但他又决不步洋人的后尘，而是执着地去追求民族艺术的气质，风采与神韵。他不断从传统中学习，但他又决不以古人为样板，而是力求自己的作品与时代相共鸣。我认为这便是杨延文艺术的根本性特征，也是他开拓自己艺术道路的基本美学思想。

与夫人在悉尼。(摄于 1994 年)

"疙瘩延"与"铸剑堂"

——试写杨延文

● 刘曦林

杨延文1938年生，河北深县人。毕业于北京艺术学院。现为北京画院艺术委员会主任，一级美术师，享受国务院特殊津贴，北京市艺术系列高级职称评委会副主任，中国美协艺委会委员。

杨延文题画时慨言："从艺真是个苦事，"余有同感。我大概写过几百篇评论文章了，仍感为文之难之苦。一则撰文如同绘画，重复套话必无味，二则评论如画像，必以写其心鹄的，正中古语"写心唯难"；三则文债过多弦绷得过紧，不可能"十日画一水，五日画一石"那般地不受促迫，四则已有黄苗子、吴冠中等大家为延文兄"画了像"，后为文者还有多少新鲜的话要说？未开篇先就怯了阵……故语文谓之"试写"，不然真无从下笔。

如果想偷懒，他未必不好写。我读了杨延文的许多画，看了有关他的许多资料，又听他侃了两个半天，在意象里只留下了"疙瘩延"和"铸剑堂"六个字—前者是长辈对他的爱称，后者是他的堂号，其实他的人生和艺术都浓缩在这六个字中了，他也以这六个字塑造自我。如果我是个书法大家就只给他写这六个字，将远较万语千言传神，岂不快哉！可惜我不是写"少数字"的书家。尽管我崇尚"写意"、"意象"，"一以当十"的美学，但我却不是这样的诗人或画家，这大概是艺术家与史论家的区别。如果那美术史可以用"少数字"来"意象"一下，也就没有了美术史，不过史论家也有自己的主体性，所以近年来，我时常在评论中插入些自我，为了享用一点为文的自由，也为了走近我研究的对象，若扯远了拉回来就是。

一、天生一个"疙瘩延"

延文兄告诉我，他出生于冀中

杨延文在画室画油画。（摄于 1998 年）

平原深县的柏树村，是父辈七人之后唯一的男儿，且落地就有"胎包"（按：他自己也说不清何谓"胎包"，故笔者不敢确认就是这两个字），人呼"疙瘩盐"，即宝贝疙瘩，说他命大，有福。也许为了香火传续，他这一辈就起了"延"字辈，后来"疙瘩盐"便成了"疙瘩延"，并为此专制了一方印。这爱称源自乡俗，宿命中有祝福之意，但一位画家以此为别号，一再地题署钤印于画，除了纪念之外，别有一番自信。自信，甚至自信得有点"狂"，自呼"人中龙"（印文），这正是杨延文的性子，不自信，就没有艺术史上的杨延文，杨延文这三个字就不会转化为一种特殊的艺术符号。

杨延文本是武将之后，根在金陵，算起来是明成祖朱棣御前武官的第二十世孙，其高祖为江山浴血战死于洛阳桥，所以以杨家为大户的柏树村也便有尚武习文之脉，不过他没有"延武"，而"延文"亦非偶然。据说，柏树村家无白丁，男人必须读书，起码在三年私塾以上，至杨延文的父辈虽然家业已败落，而文脉却不息，延文得以读书且聪敏过人，数理与文思兼优，自小学、中学至大学成绩不下前三名与杨家的文脉和"疙瘩延"的才分当有必然联系。艺术是才、情、功夫的聚合物，我坚信，没有相当的才气不可能成为大艺术家，我同时坚信文脉的遗传性对于文化创造的意义，笔者喜欢探究艺术家的家世亦缘于此。在杨延文的家世里，根在金陵使人想到他的聪颖，生于冀中又使人联想到韩愈那"燕赵多慷慨悲歌之士"的名言，杨延文无疑是位聪明人，也是一位多情人，当他日后自觉地意识到这南北文化的差异时，又对他艺术风格的塑造产生了重大影响。

二、寻新途别有洞天

吴冠中先生是位大家，能以极简的文字道出艺术真谛，他给杨延文画集撰写的序言全文是："路是鞋底走成的，用我们自己的脚在自己的土地上走出小路，小路通世界，终成大道。——延文共勉。"

吴先生所说的"小路"是他和弟子杨延文共同的艺途——融合中西的艺术道路。这原本是条"小路"。明清之际，西洋画传入中国之初，只有少数画家操此小道，无论是洋人郎世宁，还是郎世宁的中国弟子，由于西画自身水平和对中国画理解深度的限制，当时这融合中西的新派仅限于焦点透视在描绘楼台殿阁中的运用，以及光影明暗的立体造型对肖像画的影响；其后岭南画派（当时称"折中派"）的高剑父等人"专努力日人参酌的欧西画风所成之新派，稍加中土故有之笔趣"，其着意点多在空气透视；自徐悲鸿直接到西方学习西画，他和蒋兆和、李可染、李斛等将西画造型与传统笔墨相

在意大利著名记者菲奥雷先生罗马家中。

化合，这中西融合之道遂在写实主义的造型意义上渐深；林风眠又从色彩的角度"调合中西艺术"，遂将中西融合进深到色彩表现的层面；近年，吴冠中、周韶华等人研究西方现代艺术点、线、面之构成，以水墨、色彩为媒介，挥洒出中国画的现代式样，融合中西的艺术又到了一个新的阶段。二百多年来，一条"小路"终成大道，更有杨延文这样的一批生力军加入进来，沸沸扬扬于中国画坛，堂堂正正地走向了世界。尽管他不能代替齐白石、黄宾虹对中国画传统自身的拓展，也不能代替董希文、罗工柳对西洋绘画的直接运用，但它确也不能被中、西艺术的单向演进所湮没，无疑具有骡子般自身的健力和新异

的审美品格。尽管走在这条道上的艺术家遭到过"不中不西"、"不伦不类"、"非驴非马"，甚至"混血儿"之类的非议，而他们的旗手却坚信："将西方艺术的高峰和东方艺术的高峰相糅合在一起，才能摘下艺术的桂冠，登上世界艺术之岭"。

正是在文化史必然展现的这条路上，在前辈们不计成败的探索基础上，冒出来个"疙瘩延"，仿佛有些"天将降大任于斯人也"的味道，美术史将拓展这条道路的重担寄托于杨延文和他的同代人。杨延文也有这个机遇和条件，自四岁开始练蝇头小楷，在中学时代初具中西画基础的

他，1957年考入北京艺术学院，恰恰投师于吴冠中门下。吴冠中说："我这个当年的教师本来就是希望勇猛的年轻一代敢于声东击西，闯入艺术的不同领域，不服工具性能和表现程式的捆绑。"这话恐怕也早种在了杨延文心里。有人说启蒙老师是终身之父，有人说机遇和巧合是天生的福分，这些极普通的哲理再一次在杨延文的生命途程上得到验证并闪耀出灿烂的火花。从预科到本科六年间，杨延文同时成为吴冠中、赵域、张安治、高冠华的爱徒，在更高的层次上夯实了中西绘画的地基，尤其于素描和色彩方面展现出成为一位油画家

的才能，吴先生夸他"杨延文的画，六十度的白干就是六十度"。可见他西画修行之纯正与醇厚。1963年，他的毕业创作《雁翎队》是油画，毕业后的创作仍然是油画，以及连环画，还有"文革"中特殊需要的美术字，仿毛体书法。时尚一度延误了他的行程，是新时期的春风唤醒了他的艺术理想。

杨延文色彩感觉好，并被北京画院看中。1978年正式调入画院，人们都以为他要去油画组，但他却出人意外地选择了国画组，不惑之年的杨延文作为教过哲学的他已经有了从宏观上把握问题的习惯，十分清醒艺术与时代的关系，并认真研究过取夷之长、中西融合对维新变法的意义以及不少前贤由油画转向中国画的现象和这现象隐含的哲理。在访谈中，他向我阐述了"两个不行"和"两个无限"论，他认为，中国的绘画全走西画的路不行，全走传统的路也不行，而立定要走一条中西结合的路；传统的营养无限，西画的技法也无限，创造新的艺术样式正是他们无限的未来。他自己也坚信兼具中西绘画基础，正是实现艺术转化的条件。在众人的疑惑中，杨延文默念着《红旗谱》中他那位"老乡"朱老忠的名言"出水才见两腿泥"，开始在宣纸上用油画、水彩的方法直接写生，俨然造出了一个新样。刘迅说："这样的国画多新鲜啊！"石齐说："小杨的贡献就是国画还可这么画。"他从前辈和同道的肯定转化为自我的肯定。我作为一个旁观者，仿佛看到了创造新途的人们在互相鼓励中形成的合力。

杨延文"破釜沉舟"改画中国画的时候，我正从画画改学美术史，并以融会中西的蒋兆和为切入点。蒋兆和1936年由京返渝探亲，仿佛做了一个梦似地一夜之间就甩掉了油画箱，以西法作水墨人物画，一步就到了位。由杨延文的一鸣惊人我想到了这事，才气和灵感在思维转换的关键时刻会催化出一位巨人，而巨人的成熟仍然需要久久为功。

三、十年磨剑悟我道

杨延文自署"铸剑堂主人"，文史颇佳的他自然是典出有源。十年磨一剑喻宝剑所需磨砺之功，莫邪投炉助干将铸剑的传说更寓有一种牺牲精神，所以那干将的妻子莫邪便成了宝剑的代称。

任何一门艺术或学问的深入概莫能外地赖于铸剑般的苦功和研究，融合中西的艺术家可能更需要一个

如同创造新合金那般的化合过程,更何况徐悲鸿、林风眠、李可染、蒋兆和、吴冠中们的探索也没留下《芥子园画传》式的程式,重视创造性使他们都好像从头开始似的各造着自己的剑。选择了中西融合的杨延文也必须另造自己的剑,一把新样的合金剑。这大概是新派与传统派思维方式的自然差异。在传统自身基础上的创造几乎都有一个从"无我"的临摹到逐渐脱出的过程,或者说是一种临摹—写生—创作的思维模式;而中西融合者,往往是在以往中西绘画基础上直接进入写生和创造,然后补传统。杨延文属于后一条思路。当他确立了中西融合之途。也就是决意不以单纯的金属,而是以合金铸剑的时候,他首先需要分别地研究和剖析中西艺术这两种元素,进一步探讨他们合成的可能性。他发现了中国画笔与墨的优长,又发现了传统在色彩和水分方面的余地,并发现了西画色彩、塑形、构成的可融性,从而确立了以色与墨、线与面的结合为突破口的艺术操作。杨延文就是这样一位清醒的铸剑人。

杨延文重战略,亦重战术,因为艺术中有"术"。

中国画在唐之前以色彩为崇,宋代发生分化,此后,水墨为上成为主流样式，色与墨分了家。杨延文的第一个战术就是要向这就近的主流挑战，就是要色与墨说话。他为水墨中的水增容，增加渲染层次，让墨统领全局；然后以嵌色为主，让色彩在墨海中跳动起来，歌唱起来又或者将沉淀色调入墨，使色与墨水乳般地交融。当中国画的墨韵、西洋画的整体感、色彩的亮度和情感性融为一体火红的乡间小调，便在色与墨的交织中产生了异样的魅力。他以色与墨的交响塑造了自我，如果说他的墨是大提琴，他的线是小提琴，那色彩就是亮丽的小号，一任他这位指挥调度。

中国画以笔线节奏为长，西洋画以体面结构为优。杨延文的第二个战术是要将线与面接榫。他将体面揉入墨块，又以竭笔勾皴相参，不仅使笔墨趋于丰富，也将山石、建筑的体量感和自然物的线的律动构成了新的交响。尤其他笔下的建筑、藤蔓之类的生物，西画的体面意识与中国式的墨气，西方现代绘画的抽象形式与书法用笔的毛涩、金石味巧妙地铸于一"剑"之中。

当杨延文找到了自己"多层面"的新术，则反复的演练，既为了升华他那"术"的质，也为了强化自己独特的性。我问"废画三千吧？"他说："废画何止三千！"经历了第一个十年，杨延文的合金剑已在画坛熠熠闪光，在第二个十年，铸剑堂主人像老师吴冠中期望的那样，"正从空灵转向沉厚、质朴"。吴先生还提醒他这位"感觉敏锐"、"悟性高"的老弟子"重视三千年结蟠桃的神话"，把"十年磨剑"的计划放得更长远些，为了收获更醇美的蟠桃。

杨延文在铸剑中善悟。他在读传统书画中补传统课，也研究他崇拜的林风眠、李可染、吴冠中，又像李可染那样研究凝厚的传统画家黄宾虹，研究他的左邻右舍，但他更重视精神上的师承，在方法上却尽力地躲开，仿佛可以称之为"师法求异"的治学思维。当然，他有他的偶像，他对我讲有三位老师的话使他受用终身：一是王国维所说"天分聪明人最宜学凝重一路"，这位根在金陵、被南方画家归入南方画派的北方人意识到这一层，不仅在艺术中发挥他同时具有的燕赵豪情，也着意在沉厚、质朴上作文章，甚至于有意地"脏"，使聪明不致流入圆滑与浮薄；二是李可染所说"人为的景一定要扩大"，他领会其意，注意将人造物融入博大的自然，以造天人合一之境，以扩大造型的张力；三是吴冠中对他的评语"六十度的白干就是六十度"，始终提醒他保持艺术的浓度与纯度。这三位大师的三句话涉及到个性塑造、山水造境和艺术品位，成为他铸剑的精神法宝，并成了他豪放中有精微情脉、满密中见简约灵透、潇洒灵动中寓生涩质朴、苍苍墨海中色块斑斓的独家风格。客观说来，他主要倾向于飘逸潇洒的一路，为此有意地注意了方与圆、柔与刚、润与涩、灵与厚等对立统一的关系，但观画者往往又有自己的分寸，笔者就希望他的剑再凝厚些，再苍拙些，也许这是铸剑堂的宝刀进入老境的事，顺其自然吧！

四、造境畅神意翩翩

王国维论词曰："有造境，有写境，此理想与写实二派之所由分。然二者颇难分别。因大诗人所造之境，必合乎自然，所写之境，亦必邻于理想故也。"王国维认为美术亦如是，笔者有同感，以王国维为师的杨延文可以看做是"境界说"的实践者。他在写生中造境，在造境中从自然之法则，兼有理想家与写实家的风采。不过，他更崇尚造境，可以说是由写境渐入造境者，或者说是未曾脱离写实的理想家，不离乎现实的浪漫主义者。他以理想、浪漫、造境为宗、又在写实与理想的中介点上，不同于以西画色彩为本的林风眠，不同于以笔墨写实为主的李可染，也不同于以形式美的抽象性为特色的吴冠中，他有他自己的坐标。

造境倾向于浪漫，倾向于形式，亦倾向于主体，倾向于道情、言志、写意、畅神。倾向于造境的山水画家将自我融入境中，以至物我两忘，达于天人合一。杨延文是位燃情的山水画家，别看他平日里那么潇洒，但作画时却墨饱色浓十分地投入。他热恋着生他养他的土地，"古来田园诗意浓"也成为他的情结，在乡野升起的那缕微妙的炊烟里，在农家小院里缀满的亮丽的辣椒、瓜豆中，寄托着这位自谓"河北佬"的乡情。江南水乡仿佛是他梦中的祖籍，他爱那黑瓦白墙、础石垒垒的民居，爱那些镜子般流淌着音乐的小河，爱那富有人情味的小桥和渔舟，像含情脉脉的抒情诗人，在月光、倒影、轻烟里，为观众留下咀嚼的余韵；有时像慷慨激昂的壮士，古树和着大风，浓云伴着故垒，为屈子树一面纪念碑，或高吟一曲"风潇潇兮易水寒"，苍凉里寓有悲壮，而这种豪情是时常直入他多次渲染的倾斜走向的云天里去的。

杨延文重情，他在题画中说："任何人都离不开师承，其中当以继承师之用情之处最重要。"他画静物，

似林风眠的厚涂法，但情却是自己的。如《刺头开花》一幅题道："刺头开的花最好看，写我对仙人掌的印象"，又道出了一番有我之境。杨延文艺术的独特性就在于此，不仅仅是语言形式的脱师，从内美的角度而言，也要有自己的独特感受，此方为真情真画，他自己不就是一朵不类寻常的"刺技"。

为了叙述的方便，我把他的路，他的技、他的情分别的做了叙述但读画时常常分不太清，景语都化做了情语，情语又转换为笔墨。他以情趋遣形式，那中西结合的形式也最与其情相合，最令其神畅达。当然这一切又并非都是预设，而是常常在笔墨挥运中爆发出灵感的火花，激发出千变万化的趣味，那语汇与造境、畅神已浑化为一个整体。当我看到他的《午后曲》，恍如山峰般的墨团竟然是一架钢琴的时候，我想他作画的情状是一如画中的乐手那般陶然，甚至于他就是那乐手，并不按照乐谱来弹奏，而随着那草原上的风云即兴挥洒。才子型的敏悟者杨延文有这本领，当他进入"游于艺"的境界时，他就是那乐曲的主宰。

杨延文逾六十了，正当收获的季节，但他好像仍是一位翩翩少年，潇洒、爽朗、乐天、充满着朝气，因为他的心不老。我也相信，他会是一位永远年轻的山水诗人，会把那融合中西的火炬燃得更加璀璨。同时我也认为，融合中西的艺术家们比起单向的中国画画家或西画家将面临更大的难题，他既要分别地吃透中西两座大山，还要研究如何将这两座大山的精华融为一座新的山，而不是把两重山山头削平。这新山的质将取决于对中西两重大山分别研究的深度，也取决于铸剑人化合的技巧。正因为中国画和西画分别的无限性，也决定了中西融合的无限性，同时提出了将融合中西的道路不断推向新阶段的使命。杨延文说，艺术的极致永远达不到，又要永远地追求极致。我想，艺术原本就是追求那永远达不到的极致，或者说是对那永远达不到的极致的追求。

这就是我所知、所识、所期、所试写的"铸剑堂主"——"疙瘩延"。

戊寅初秋撰于散心

融写实造型与写意创造之中
——读杨延文的画

● 邵大箴

杨延文君是我国当代画坛很活跃、也很有成就的艺术家。他的山水画创作在八十年代中期以鲜明的形象呈现在观众面前,给人们留下了深刻的印象。1987年,正当美术界关于传统与现代、继承与革新、东方与西方、中国画是否"穷途末路"等讨论闹得沸沸扬扬的时候,他在中国美术馆举办了个人画展,不仅用自己的创作实践向人们表明了自己的态度,而且理直气壮地向人们宣告,他坚信生活是艺术的源泉,坚信"行万里路,读万卷书"是画家必备的修养,坚信绘画创作必须要以情感人,必须要有新意。他的展览是成功的,得到了同行与广大观众的赞许。记得美术界老华君武在中国美术馆对笔者说:"杨延文是一位很聪明、很有才气的艺术家。"画展期间,中国美术馆里人气很旺。因为大家从杨延文的作品中获得的信息是令人振奋与鼓舞的,传统中国画不会停步不前,更不会走

向消亡,它还有无穷的发展潜力;传统与现代、继承与革新、东方与西方之间的关系,不是截然对立的;古老的中国画,只要跟随时代的步伐、面向生活、面向现实,必有光辉、灿烂的未来。

杨延文毕业于北京艺术学院,原来是师从吴冠中、赵域等先生学习油画艺术的,他得到过系统的造型训练,写生能力较强,色彩的感觉很好。1978年进入北京画院成为专业画家后,逐渐从油彩转向墨彩,走上了中国画的创作道路。杨延文何以做这样的抉择,弃油画而钻研中国画?看来不是一时的感情冲动,而是经过一番认真的思考和试验的。其中中国绘画博大精深的传统对他的感召力和吸引力肯定起了重要作用;还有,中国画面临的困境和机遇也一定促使他思考,诱惑他用自己的智慧和技巧去寻求答案。自他拿上毛笔,用水墨调和着色彩在宣纸上驰骋自己的才能,

他的兴趣便一发不可收，进入"欲罢不能"的境地，杨延文跻身于水墨画家的行列是势在必然的了。

中国画有深厚的传统，在世界艺坛占有独特的地位。元明清以来，文人水墨兴起，使中国画的写意性得到淋漓尽致的发挥。抒写文人内心世界的水墨画，其格调与趣味很高雅，但因受特定历史时期社会文化的影响逐渐疏离现实，趋向过分主观而忽视写实造型，不能不说这是它的不足。这种倾向到清代末期发展得更为严重。写实造型并非是艺术表现的目的，而仅仅是表达思想、感情和趣味的手段，中国传统的写意艺术体系也并非完全摒弃写实造型，而只是不拘泥于客观物象的模拟。优秀的文人画家莫不是把研究客观现实和抒发内心感情有机地结合在一起的。20世纪以来西画东渐，文化界的一些仁人志士，试图用西画的写实造型来改良和改造中国画，使其为现实、为人生服务；对传统文人画颇有微词并对其有所贬抑，给中国画的健康发展造成了不良影响。但同时一些先驱者们在两个方面做了艰苦而有益的探索：一是坚持走发掘传统、以古开今的道路；二是尝试在中西融合中另辟新径。这对杨延文以许多有益启示。作为受过系统西画教育的他来说，继续前人在中西融合上下功夫无疑是有效的途径。而前辈们在摸索融合中西过程中的经验和教训，又向他明确地昭示了这样的事实：两者机械地结合不可取，以西画造型为中心、为主导融进一些传统中国画的因素，也不能算做是真正的中国画。在中国画领域的"中西融合"，只能以"中"为主体。为此，杨延文决定补传统艺术的课，练习书法，研究笔墨，揣摩传统大师的作品。他在实践中学习。由于他有股埋头苦干的劲，有扎实的西画功底，还有难得的悟性，他终于取得了令人瞩目的成绩。

画，不分中西，都有画面表现手段、表现效果两方面的问题。手段和效果的统一是画家们普遍追求的理想目标。在传统文人画中，笔墨既是表达画家心灵世界对客观世界的体悟和感应，又是组成画面以感染观众的效果。只有那些末流文人画才只讲笔墨技巧而忽视画面整体境界的塑造。油画虽然没有"笔墨"，但有笔融、肌理、色彩等处理方式，这些处理方式一旦表达出形、情、意，形成统一的整体画面，便有感染观众视觉和心灵的力量。在西画上有造诣的杨延文，在进入中国画创作领域之后，能敏锐地发现中国画创作中应当避免的两种倾向，即只注意笔墨技巧而忽视画面整体经营，或只关注画面的视觉效果而忽视笔墨手段本身的表现力。杨延文二十来年的艺术实践，无不围绕着对这些课题的思考和探索。这实际上也关系到如何在中国画中吸收西画的一些观念和技巧的问题；关系到中国画如何在传统的基础上创新的问题。例如，怎样把西画的写生引进中国画，使中国画有现实感而又不失掉传统的品格；又例如，怎样在中国画中适当吸收一些油画的色彩处理方法，使其表现手段更加丰富而又保持笔墨趣的特色等等，杨延文巧妙、机智地把写生与传统中国画语言的表现程式加以整理融合，把西画较为鲜明的色彩与笔墨规范加以融合，他小心谨慎地使这些结合有助于中国画本身的表现力，而不是喧宾夺主，使中国画"洋化"。在八十年代下半期，杨延文的中国画正是因为在这些课题的探索上，给人耳目一新的感觉，而受到大家的关注。在这之后，他继续沿着这条路义无反顾地向前走。当九十年代中国画界围绕着笔墨问题进行激烈的争论时，他仍保持着清醒的头脑，不为新的风潮所动，执著地在追求自己的理想目标。他在自己的山水画中重视笔墨，同时也重视表现心中的丘壑，即表现客观自然景色在自己内心的反映，还更重视对意境的追求。笔墨、丘壑、意境的结合，使他的画既具有中西绘画都普遍重视的那些因素，即用以传达思想、感情手段的造型、构思、立意，又保持着中国传统绘画所特有的格调和趣味，其中尤其是笔墨的情韵。翻开他的画册，在他大幅小幅的作品上，可以看到他自由地运用线的变化，运用点、擦、皴、染，运用泼墨或泼彩，勾画和组合各种生动的画面，抒发他内心的感受，给人们传达美感，传达激情。在墨和彩的结合上，他尤其匠心独运，有时用墨和彩，有时又用墨压彩，还有时用色彩来与墨造成对比……完全根据画面的需要灵活处理，目的是为了增强画面效果，创造能使人感动的艺术境界。

笔者认为，杨延文是成功地融西画造型于传统写意创造之中的艺术家，他所取得的成就和给当代中国画坛所做的贡献，理应得到人们的赞扬和尊重。而且我们有理由相信，在今后的艺术生涯中，他还会有更杰出的表现。

2002 年 5 月 27 日

于北京中央美术学院

伸向世界的一只手

——关于杨延文其人其艺

●孙　克

1983年意大利第五届曼齐亚诺国际美术展览会把它唯一的金牌，奖给了北京画院画家杨延文的一件水墨画作品。此事在当时的北京美术界引起一阵激动。记得由中国美术家协会和北京画院出面，为画家接受奖牌奖状，特别在北京饭店大厅里举行了颇为隆重的仪式以资庆贺。如今画家杨延文的名字在海内外已相当响亮，或许是这块奖牌给他带来好运。在那之后，他的艺术更趋成熟，他的名望也与日俱增。

今天有人或许不解，八十年代初期一位中国画家在国际上获奖竟然引起如此激动的情绪，其原因在于经过多年的封闭与禁锢，国门逐步开放后，中外文化得以交流，一件中国画的获奖，确是中国画艺术开始步入国际社会，并为西方认真对待的一个标志、一个良好的起点。

中国画是中华古老文明的一个部分，在东方农业文明社会中逐渐发展完成独立的体系，虽然在汉唐之际不乏与西域的交流并受过影响，但由于长期的农业宗法社会形成的儒家和老庄哲学以及深受其影响的审美观念与西方迥不相同，加之工具材料的限制，使中国绘画始终走着和欧洲绘画全不相同的道路。更何况中国画自宋元以后，文人画盛行，注重哲理和文学趣味，追求以简洁的形式表现孤高自赏的性灵，使得中国画艺术很难为欧洲人所理解与欣赏。当十九世纪晚些时候，印象派画家们惊喜地发现日本浮世绘时，认为那便是东方艺术的范本。浸透东方哲理与文学精神而注重"内美"的中国画，在西方只有不多的知音理解与赏识。

本世纪初，中国首批赴欧学习西画的青年画家，都是勤奋的学生，他们学习介绍欧洲艺术并使之于中国生根开花。但是他们尚无力去做把中国画介绍到欧美去的工作。事实是当年那一辈知识分子中，一些人热心介绍资本主义民主思想与制度，另一些人则积极学习西欧土壤上产生的马克思主义。二者主旨虽然有别，但对传统中国文化的批判精神上，可谓异曲同工。影响所及，许多知识界代表人物对中国画能否在世界文化中占一席之地显然并无信心。自辛亥革命到1949年，连年战乱不止，内忧外患，民不聊生，这样一个积弱的国家民族及其文化，在西方人心目中是难以得到重视的。

然而中国文化的优秀传统并未断绝，中国人对本民族文化的热爱与信心，依然情深意笃，如果说在徐悲鸿、林风眠、傅抱石、吴冠中等老一辈画家身上，表现出勤奋学习西洋绘画并开始做着中西结合的努力的话，那么他们应是中国画艺术走向现代和走向世界的启蒙者、先行者、播种者。

在杨延文这一辈中年画家，则是在一个安定环境中埋首苦干，学贯中西，在艺术功力的积累上扎实地攀登到新的高度，从而充满自信的创造精神。由于欧洲写实主义的绘画技法的引进，使艺术院校在素描和油画教学上有了重大的进步，学生的艺术素质和造型能力普遍提高，并涌现出很有才华的人才。一旦人为的禁锢开解，他们便以前人所没有的沉着而自

信的精神大步走向外部世界。

杨延文便是这样一位画家。对于获得国际荣誉，既不感到意外，更不觉受宠若惊。他好似经过多年锻练的武士，一旦披挂上阵，便一心一意去夺取意料中的胜利了。童年的杨延文从未幻想过他将成为一位名画家，但是没有那样一个童年，他或许不会有今天的成就。

他是农民的儿子，故乡在河北省深县一个贫穷的村庄里。在他十岁之前，中国大陆一直硝烟弥漫，日本人在冀中平原的行动尤其残酷，人民的抵抗更为激烈而生活更为困苦，这一切在他童年的心灵中终留下悲烈的印象。河北平原古称燕赵之地，"燕赵多慷慨悲歌之士"，这形成了杨延文性格中坚强、直率的因素。

在杨延文回忆中童年并非一片暗淡，他不像城市的孩子见过大世面，但他拥有整个的大自然。农村的孩子并不缺少快乐，春天里青草和野菜破土而出的时候，他们最早得到讯息，秋天的纺织娘在豆架上鸣响的时候，他们尽情领略这美妙的音乐，在夏夜繁星下他们坐在瓜铺里听老人们讲英雄豪杰的故事如醉如痴，冬天大雪封门的时候，他们在土炕边用心描摹着话本里的绣像人物而心满意足。在穷乡僻壤里，那些很有天份的孩子只有在墙头地边上的涂鸦之作里，抒发他们的灵气。在难得的一块纸头上，虔诚地画着山水和人物，闪现出天才的最初的火花。在无数有天份的孩子中，只有极少极少的幸运儿，有机缘踏上成功之途。从近代画史看，齐白石、徐悲鸿、王雪涛等大师，都是出身农家。杨延文也是如此。

杨延文少年时聪颖特出，读书成绩总是名列前茅。父亲是为了不埋没他，还是怜惜他比别的孩子更瘦弱而不忍令他终生务农?总之，在1954年一个多雨的夏季，父亲和他步行两天，到德州登上去北京的火车，送他去在北京郊区居住的姨母家借宿读书。

在位于门头沟区的五十二中学，他依靠助学金读完初中课程。在学校里最喜欢的是文学和艺术。当时他的理想是当一位作家。每当假期，无钱返家探亲的他便留在学校，在傍着校园的子牙河边，他画速写和水彩画。美术老师邱正锦先生赏识他，不仅引导他走上美术之路，还如慈父般关心他的生活，让他在自己家中吃住，这是1957年暑期中的事，直到杨延文考取了北京艺术学院预科部。生活的安排常常不尽如人意：他没有成为作家而成了画家。我猜想如今杨延文一定不会后悔当年的选择。

1957年至1963年，他读完艺术学院预科(相当于附属高中部)和大学本科，从而奠定了他从艺的基础。

尊师重道是中国的传统美德。杨延文回忆在艺术学院学习生活时，对教导过他的老师言必称"恩师"，因为他们给了他极为重要的影响。他念念不忘的是吴冠中和赵域两位。

赵域先生教他热爱生活和艺术，教他做一个善良而正直的人。吴冠中先生在艺术信念上给他更大的影响，教他做一个好的艺术家。

今天杨延文在艺术上所注重的"真、善、美"和"情、理、法"并使之体现在自己富于个性的作品中，正是他对老师的教诲的深深悟解和阐发，把崇高的艺术理想的追求，结合艺术实践上顽强而卓绝的努力，以期达到完美的表达形式。对于每一个抱有虔诚理想的艺术家，"无憾"乃是他对自己的最高期望值。回忆艺术学院数载的学习生活，杨延文感到收获最大的是学到了掌握、理解并能运用形式美的规律，包括整体和局部的处理，节奏感的把握，块面结构等等。在当时一些院校教学中，这甚至是被视为异端的。

杨延文在校学习成绩优秀，有极强的颖悟能力和扎实的造型能力，深得师长的赞赏。记得吴冠中先生当众奖誉他："杨延文的画是六十度的白酒，就是六十度！"对于一个学生来说，这确乎不同寻常，以致三十年后杨延文回忆起来，犹觉欣然。

1963年后，杨延文在中学做教师。那时候教师是最辛苦劳累、报酬最低和备受歧视的职业。他教过文学、哲学和历史，美术课则很少。在这样岗位上，一干便是十五年。漫长且充满苦涩的十五年，对于行将担当"大任"的人来说，"动心忍性，增益其所不能"是极为必要的。

终于有一天，命运向他露出笑脸。1978年以他的才能被北京画院吸收成为专业画家。在汇集了大量优秀画家的画院里，做为知识分子在物质待遇上并无根本改变，但他从此可以全身心的投入他热爱的艺术事业中去。只要努力，在他面前是一条通向成功之途。仅就这一点讲，这样的机遇，并非所有的人都能有幸遇到的。

杨延文决断的选择改画中国画，他成功了。他得到了国际荣誉，知名度大为提高，重要的是他的艺术有了自己的面貌。在他来到画院不满十年之内，他被评聘为教授级的一级画师。三十年，漫长而短暂的人生，经历了多少艰困坎坷的历程，多少期望和努力，终于达到羽翼丰满，在自己的天地中可以自由来去的知名画家了。

　　杨延文山水画成功之处在于中国传统艺术式样中消化吸收了西方的审美精神和观察、表现方法，而且体现得如此自然与和谐，所以无论中国观众或是西方专家都感到易于接受而无异议。

　　中国山水画历来注重"气势"，"气"者，既是自然风光的云烟变幻、四时晴阴所造成的氛围情态，又是画家主观精神、气质和情绪在画画中的体现。"势"者，大要是指山川云水的奔趋运动，运动有序，即行即止，画者以此论高下。早在南北朝时宗炳提出"畅神"说，经千百年画家实践，其主旨不外乎借山川之形质抒写画家之主观情绪。故以主观抒写为主，而较少关心自然景象的瞬间变化及其真实表达。所以中国画家注重学养，提倡"书画同源"，追求笔墨趣味而淡化色彩，追求皴染点划所形成的节律感、形式感以至风格化（尤其是清初四王及其追随者的艺术）的表现。而欧洲风景画，从霍培玛、泰纳到莫奈都是注重自然物象的观察、分析并力求通过油画色彩真实的"再现"自然，以使观画者如对真景并引起情感之振荡。所以读中国山水画和看西方风景画，当然是两种情趣和体味。

　　将中西两种不同的审美意念，揉合、融化而体现在中国山水画中，以使古老的山水画尽可能从传统文人画的日趋单调、狭窄，转而走向宽泛的表现能力和更丰富的艺术境界。这正是近代许多有志之士努力的目标。他们是先行者、开拓者，他们做了种种探索试验，但真正结出硕果的，还是杨延文和他这辈画家们。

　　五十年代初，美术界曾就中国画有无必要"染天染水"进行过争论，当时十分认真，如今看自是幼稚得令人发笑了。显然那是关于维护中国画的"纯正"与谋求中国画的"改造"的两种观念之争。

　　但要解决这样的问题，必须有一段时间以使人们适应观念的逐渐改变，而且必将通过许多位画家成功的实践，证明对于"正统"的改进既无损其完美并证明其必要性。即以杨延文的画来说，染天染水是其和谐的表现自然情韵的特有手法，是其技巧整体的有机部分。《窗前明月光》、《江浸月》这样一些月光典型之作，不但染水且刻意表现月光泛影，越显流光溢彩，树影婆娑，这便是他突破传统样式，追求自然的真实感的传达，并通过真景的移情作用，赋予山水画更浓的情绪感染力。从这一点来讲，他已比其先行的前辈取得了更好的成绩。

杨延文受过长期西画训练，对光与影极为敏感。他的画里随处都有光影，但又不使观者感到生硬的结合，则是他以极活泼的笔法，随意渗化的墨趣，把光影淡化了，笔墨化了，在他的笔墨趣味中，颇具传统的风采和气息。究其原因即在于他抓住了笔法这个关键。他的作品里，即使通幅墨彩淋漓，光影斑斓，也仍在某些关键处以其活泼潇洒的渴笔、焦墨醒神，他的"画眼"往往在此。传统画论最重笔法的"骨"与"力"，尤其忌讳"有墨无笔"即是此意。当年黄宾虹先生批评吴石仙的技法："兼皴带染最不可取"，"吴石仙作画，在楼上置水缸，将纸湿至潮晕，而后用笔墨涂出云烟。虽工不工，识者终所不取，以其无笔也。"杨延文画庭院，以枯笔画山石的"瘦、陋、透、丑"运笔如风，又以夹叶法不厌其烦的画树丛，以之为骨，于此之上再染天染水，墨彩并施，必达"气势"、"情势"俱到而后止，所以令人感到笔酣墨饱，骨肉匀停，有自然天成之妙。

就作山水画来论，画"景"，不如画"境"，更进一步论，"画"境，不如"造"境。这便是中国式的审美历程。古人早已熟谙此道，所以唐宋人虽注重写实也很少实写某地某时的真景。文人画兴起后，更远离写实。

然而流弊之下，山水画照谱临摹，大多谈不到甚么情景境界，所以近代有识之士深恶痛绝之，必欲置中国画於"全盘西化"而后快。五十年代后山水画注重写真，井岗山、韶山、长江大桥等名山巨迹，一一再现纸上，直与摄影无别，久则观者画者俱厌。只有八十年代后，画家方脱写实一法之局限，敢于脱离写景而臻写境、造境，此中国画一大进步。杨延文擅于此，且得意于此。即以其最喜画之《江浸月》一类题材来说，是画境，也是诗境，画面静谧安宁，江心明月惹人乡愁，确是撩人心弦的情境俱佳之作。其他江南水乡，一弯曲桥，几树桃花，数点新荷，衬出春光消息无数，俱颇饶情致。

中国画不大注重色彩，观宋以前古画，既使重彩之作，也不善于用中间色、复色。流传作品中，唯五代顾闳中《韩熙载夜宴图》色彩最为细微、丰富，实属突出之作。老子说："五色令人目盲"，是从哲学的高度给中国人在色彩运用上加了个紧箍咒？还是"书画同源"，墨笔压住了彩笔？抑或中国画工具材料长期停滞，限制了颜料的发展？当然会有更多更深刻的解释。但有一个事实是：文人画的发展，水墨的功能发挥到极致，色彩的功能也萎缩到最低点。"浅绛山水"只淡淡地点染一些混了墨汁的赭石和花青。好处便是无差别式的和谐从而达到"淡雅"，"雅"是文人艺术、贵族艺术的最高境界之一。

然而这又关乎传统的审美观，乃是数千年积累的民族性，有代表性的"东方情调"。的确没有必要一定摒弃它或从根本上改造它，事实上也是改不了的。试看水墨画至今仍为亿万中国人所喜爱便是结论。但是色彩仍是大有可为的发展天地。杨延文以此独得三昧。他长期学习研究西欧和苏俄油画，对色彩的丰富与和谐有深刻的体会。从事中国画不久，即抓住色彩来作文章。他的一些作品如《杏花春雨》画江南小景，黑瓦白墙，一抹青山在水巷中映出长长倒影，几点棕灰颜色，搭配恰当，通幅色彩和谐而饱满。杨延文明白，浓妆艳抹不是中国画本色，色艳难免流俗。但和谐之中求饱满，却是必要的。中国画素称"墨分五色"，充分发挥其不同色调与感觉，适当结合色彩功能，是杨画一大特点，此处可见其通透之慧悟。完全摒弃水墨，在宣纸上以颜色作画并非不可以，但失去传统特点，也便不是中国画——水墨画了。

如果说在江南小景中表现了他心灵中秀润而深沉的一面的话，那么杨延文还有更重要的一面，即燕赵悲歌、慷慨苍凉、浑莽雄健的一面。或许这是他源自北方汉子的本色?他有许多深入西北大漠、天山南北和太行山区的作品,鸿篇巨制,笔墨浩瀚(如《丝绸之路》是用丈二匹纸绘成),别有铁板铜琶、胡笳刁斗之气息。1982年在北京画院和日本南画院联合展览会上,他的《丝绸之路》便是以历史回顾的高度、宏伟的气势和浑沦的笔墨,令观众的心弦深为震动!在这件概括性很强的作品里,绵延不断的山势,前景萦回曲折的弱水,和山崖边的佛窟石洞,更远处或许是远古戈壁上驼铃阵阵的商队,种种一切,都引观者重回杳茫迷离的历史中去,回味无限。他的另一件作品《故垒风云》也同样令观众和他一起"发思古之幽情",这或许是蓟燕山岭上明朝长城的废垒,也许是河西走廊上汉代边防的烟墩,在漫长的岁月中送走无数朝暮风雪,画面墨色如铅,似历史般沉重。近年很多画长城之作,各有阐发。杨延文此作独得心解。

从江南春雨的丝丝柔绪,到大漠古塞的苍凉悲歌,时空变化幅度不谓不宽,情感涵量力度不可谓不大。这使我们从一个角度感受到杨延文的功力、素养、才华和颖悟。这本画集固然是杨延文数十年艺术生活的一个小结,但也仍然没有完全的包容了他全部的探索与成功。步入五十岁,对于一位画家来说,正是完全的成熟期,经验丰富、精力饱满,雄心勃勃,富於创造的时期。对於他今后的创作道路,朋友们会投以更多期待的目光。

在巴黎埃菲尔铁塔前。（摄于2004年2月）

中西合一的彩墨空间

——杨延文山水画解读

● 康　征

以气韵、意境为审美内涵的中国画绘画和以色彩美，形式美为内涵的西文绘画成功地婚配且生下健康活泼的混血婴儿，并非一件容易的事，所以自中西绘画有交流史以来，能够成为这一混血婴儿之父的艺术家廖若晨星，以我陋眼之拜观，卓然

处其间的不过林风眠、黄永玉、杨延文三人耳。林、黄二老早有公论，此不赘述，杨延文者，其色也达情，其墨也达韵，其笔也通神，虽生于二老之后，却凛凛处其间，俨然大家也。

走进中国绘画史，我们不难发现凡是包前孕后成一代大家者，莫不

写生。（摄于2004年9月）

有极强的吸收力与消化能力,在以中国文化为代表的东方文化发展的进程中,这种吸收与消化能力的培养更多来自对传统的继承,如果没有对前人的文化艺术传统精研与继承,首先便失去这种能力滋生前提。当然,杨延文也不例外,在他的青少年时代,他对中国诗歌、古典戏剧、文学和历史就特别地偏爱,这种最初的爱好和以后的磨砺使他的审美情感在中国传统文化的熏陶下日益丰富起来。当他脱壳于西方油画而走向中国画的创作时,他自信地说:"博大精深传统的滋养,使我有驾驭中国画的信心。"如果当初他就是一位国画家,靠他的智慧,他也许会在中国传统的绘画中吸收吐纳,在传统的山、水、云、树间寻找创造性的机缘,这样他也只能与同时代的画家比肩接踵。然而,他却从绘画高峰的另一个坡面攀登而来了,在北京艺术学院就学期间,他攻读的是油画专业,在他那个时代,卫天霖、吴冠中代表着西方绘画,特别是法国印象派,新印象派,后印象派和现代派绘画在中国的传播者,但同时在他们的绘画中无不体现着中国传统绘画的美学思想和民族性的绘画特征。就艺术的本源和绘画的审美情趣,杨延文登堂而入吴冠中之室,接受的正是这一艺术体系的绘画

原理。另一方面,杨延文的成功还来自他坚毅而自信的性格,吴冠中曾称赞他的静物习作,"杨延文画画如60度的白干,60度就是60度!"我们由此亦可知他对艺术风格、技法的领悟已达到了尽精刻微的"纯度"。但他并没有由此而泯灭自己的个性,吴冠中先生赞赏他"执著与直率的性格,正是艺术追求的最好品格。"人体写生代表着作者综合性情绪,提炼综合的能力。最终在画稿上呈现出的还是作者的情感,如果拘泥于人体局部或整体的体位变化,那必将在被动地牵引中失去个性。因此,他的"执著"就是他的认识。卫天霖先生曾这样认为:中国传统工艺艺术与纯美术的独特性是以中国文化造就的,因此,全面提高传统文化的修养是迫不及待的⋯⋯。从传统走向现代还有一个磨炼过程,这就是要对西方传统与现代艺术的发展过程有全面认识、理解和正确判断。正是"博大精深传统的滋养"和他对西方传统绘画"执著与直率"使他拥有了卫天霖先生所述的"认识、理解和正确判断"的能力。杨延文艺术风格的形成不是偶然的,而是长期的中西方绘画艺术无数的碰撞,交融,对抗之后的积累所达到的升华。

西方绘画重技重表,中国绘画

重道重质。这大概是不可逾越的区别，以法国印象派为例，他们把描绘对象之大于世界，万物造化的生动与美，统归于光与色的作用，他们认为应该把光、色作为艺术家表现的目的，因此，在某种意义上讲对光与色这些表现的描述支配着他们的情感和创作。1875年爱德华·马奈的风景画《威尼斯大运河》(58厘米×71厘米)对光与色的描述即为印象派的典型之作。特别是19世纪法国以修拉、保罗、西涅为代表的"后印象派"更是把色彩进一步具体化，他们认为在绘画中应该把色彩的运用限制在红、黄、蓝、白四种原色的范围之内，这种重色彩理性分析与科学原理(他们以法国化学家舍夫略里的科学论著《色彩对比论》为座右铭)，势必导致画家创作情感的丧失，最终使画面往往给人以冷漠和静止的感觉。这种理念也是与中国绘画的审美境界和所追求的意蕴截然不同的，如果把法国印象派的优秀的艺术因素植于一个新的增长点上，再向前推进一步，杨延文最终采用的策略是用中国绘画精神内涵去覆盖印象派的形式主义所造成的"冷漠"和"静止"。

杨延文由油画进入中国画，在某种意义上说并不是抛弃什么而拿起什么，他是在二者之间寻求属于自己个性的绘画表达方式，他在一次接受记者的采访时说："我始终认为自己并没有放弃油画，而是改变了工具的性质，改用画布表达东方思维、境界的方式。艺术是相通的，都是追求尽善尽美，油画、国画的区别，只是通过不同的工具表达人类最深层次的思考，追求的目标是相同的。两坡攀登喜马拉雅山，登到极峰是最重要的。"因此，我们在他的绘画中看到了这样的一些审美特征：其一，抽象的色彩意识。杨延文的色彩运用是西方印象派绘画的红、黄、蓝三原色与中国传统绘画的黑白二原色的交融与辩证。西方油画中对色彩的描述是借助具体的对象来实现的，杨延文把它转化为一种抽象的色彩概念，在绘画中，他的红、黄、蓝三原色失去了依附的具体形象，这种审美取向是他对色彩与形象的总结与概括，他笔下的形象中有色彩，色彩中同时又具有形象，这种对形象的模糊处理是他对中西方绘画语言的高度驾驭，为画面增添了无限的品味空间和欣赏审美上的联想与想象。这最终来自他对于东方文化隐喻观、境界观、神秘观的追求。1983年，他那幅饮誉世界画坛的《江村疏雨》，实际上是他把东方的绘画艺术向西方画坛的一次成功推荐。在艺术的道路上，依他的个性，绝不会在西方艺术之后亦步亦趋，他就是要用东方的审美理论解释西方艺术。另一方面，对中国传统山水画而言，黑白二原色是中国水墨的最高境界，是色彩的两个极端，西方绘画一向认为色彩针对于黑白是一种进步。杨延文的色彩观也正是以中国传统的黑白体系为基础的，他用黑白处理明暗虚实，用色彩渲染热烈的创作情感，在色彩和形象之间架起一道作者主观个性化的彩虹，色彩是形象的色彩，形象是色彩的形象，使色彩的抽象性在东方审美情趣中有了一个统一的理念指向。他的画面是一个斑斓空灵的心源世界。

其二，平面空间的立体架构。中国传统山水画的"可游"、"可居"和"三远法"都是纸上生存空间的幻化。较早的山水画作品，如展子虔的《游春图》和李昭道的《明皇幸蜀图》，都是对自然场景和历史事件的描绘，体现了人们最朴素的空间意识，泼墨山水的出现到宋代郭熙的《林泉高致》，山水画才进入"寄情"、"言志"的空间，"不下堂筵，坐穷泉壑"，以此来满足他们的"泉石啸傲"的精神追求。遗憾的是，在绘画的空间再造方面，他得之北方山水的一家之言"三远法"却桎梏人们上千年。20世纪八十年代，杨延文对传统山水的"三远法"

提出质疑，在平面空间上架构立体的质感，赋于千百年来几至"穷途末路"的山水画形式以崭新的审美内涵。在山水画中，无意义的留白不是空间意识，空间应该是实际景物的另一种形式，实际的景物则是空间的具体与延伸。空间感的获得是对具体物象疏密、有无的辩证认识。杨延文画面空间的再建立不是理性星罗棋布，而是充满天真烂漫的情怀。过河架桥遇山开路，满纸壅塞间到处都是流动着的空间，饱满的构图扩张着无限的生机。西方绘画和东方绘画的空间概念是有本质区别的，一位中国山水画家的绘画空间往往也是他心灵空间的反映，是艺术感觉的流露，因此，在中国山水画的空间里过多地涵盖的是艺术家对自然环境的感悟和精神追求的心象。中国宣纸的规格总是明显区分着长与宽的界限，现在好像也没有发明正方形的宣纸，除非你要普及剪裁成那种样式，潘天寿先生画语曾言：纸头要么长一点，要么宽一点，不长不宽最难办。我们从另一个方面也可以窥测中国画尺幅与欣赏视角的关系，人们在欣赏绘画时总是在不断地变化着视角。

在欣赏者的视野中，画面就是在流动的。杨延文的绘画空间理念革了传统山水绘画的命，他把对大自然的认识和个人的艺术追求,把整体感归于一个平面空间上,他的画非"可游"、"可居"者,他永远都是一件精美的艺术品,你在欣赏的过程中永远也不会走进他的画面,你只能在他的画面之前,带着欣赏的愉悦按照你的想像去创造你个人的立体空间。他在平面上的立体架构就是这样完成的。所谓的平面空间是他的绘画空间。所谓的立体空间是你情结上的一种反应。

其三,题材与表现手法的高度合流。一个画家拥有什么样的题材是他在长期的生活实践中做出的必然选择,杨延文的画笔永远也描述不尽的往往是那些颇富诗意的水畔、桥溪、小巷、庭院,还有一些域外风光,大河激流等等,但最精彩的还是那桨声灯影的水畔,迷离朦胧的桥溪,幽静蜿蜒的小巷和情趣恬淡、一派生机的庭院。我惊奇地发现他这位典型的北方汉子的笔下却充满了水的睿智,画面充满着氤氲润泽的江南气息,莫非他人生的阅历中与江南水乡有什么必然的联系或了却不断的机缘?否则,这只能认为是对题材的选择是内心深处所向往,所追求的一种理想境界,抑或是他长期的压抑和疲劳之后,渴望回到精神的家园。杨延文的故乡河北深县,位于河北省中部偏南,当滹水、漳流之冲,内迤京师,外连齐鲁,为畿辅咽喉。当美丽的传说和这一切水边的风景消逝的时候,杨延文幻想中一切是否闯进了他的梦乡和笔下,他对于题材的选择明显地具有他强烈的理想化的色彩。画面中方石堆积的围墙,块面结构的房舍,山色有无中的渔舟……这一切我们都不可能在同一处地址找到如此风格统一格局,这一切显然来自他的概括与总结。在题材的表现手法上,杨延文以一种全新的绘画技法打破了中国传统山水画以法造型的语言形式,皴、擦、点、染在他的画面上了无痕迹,他以面造型,在扫、涂、抹、划间寻找笔触的丰富性和由其所带来的偶然效果,处处展现出他意识流动的痕迹。在这里,景物的形质不仅仅是用笔来刻画和建立的,更多的是一种笔墨结合。他力求达到的不是传统山水画中的以题材为依托的地域性山水的差异,而是绘画审美上所要求的节奏与气氛。因为他所选择的题材是理想化的,所以在表现手法上他也不可能用一种程式化的东西来实现对题材的驾驭。他寓无法之法于热烈祥和的画面中,以此来讲述他所经历过的生活和对生活的参与。很多的山水画家以出版一本关于山水画技法方面的专著为荣,视之为风格成熟的象征，其实这是最庸俗不过的事情，当然在绘画成果的经验总结上有其积极的意义。如果对杨延文而言，恐怕难以实现，他的画充满了意识，精神，理想，境界的诸多意识形态的因素，所谓的表现手法只能从感悟的角度去理解。因此，他的画没有重复性，就连自己也是如此。

其四，全盘西化与东方神韵的和谐统一。西方绘画，特别是印象派绘画中的光，是指有具体光源的光，影是光的一种效果，具体地说在西方绘画中光是作为一种具体的形象出现的。很多评论家在谈到杨延文的绘画时，仿佛都没有忘记他绘画中的光影效果，但这不能笼统的谈这个问题，中国山水画哲学追求天人合一的审美境界，"外师造化，中得心源"。他画中的光，已不再是西方绘画审美体系的具体形象，他把光处理成失去光源，若有若无的一种抽象符号，这种

光不是出于一个具体的点，而是占有着整个的绘画空间，根据画面的需要，往往随时都可能在明暗关系的对比中凸显出来，从而成为画面上最生动的一种效果，这种光来自于他的"心源"。杨延文的绘画在形式上全盘西化，他的绘画没有一处是属于中国传统山水画的，视线条为东方艺术之生命的线的理念，在荡漾着的彩墨空间里被彻底消溶了。间或出现的线已非典型意义上的中锋用笔，而是作为物体的轮廓出现的，由此，他的绘画也将给我们习惯性的艺术欣赏带来一定的困惑，他不但革了中锋的命而且还革了工具的命，他的画可以用毛笔之外一切工具来描绘，那么杨延文的画是中国画家族的一员还是一个怪异的另类？当年刘国松潜回大陆，大肆兜售其"革中锋的命"时，仿佛他还没有放下带血的屠刀，他要割断中国画的审美情感与东方艺术传统千丝万缕的联系，最终降低再降低了"还乡团"的旗帜，绕道香港或别的地方回台湾了。吴冠中的"笔墨等于零"论，虽然过多地得到了人们的误解，但他这篇文章的主旨却讲述了东西方艺术的差异。我们在欣赏艺术时，并非过多地排斥其形式的语言，而看重的是它内涵上是不是尊重了东方人的审美情感。站在东西方文化

艺术的至高点上，杨延文采用疏导、融合的理念，在这种艺术形式的肌体上注重了东方传统艺术的精神和审美情感，真正地达到了全盘西化的（形式）与东方神韵（内涵）的和谐统一。他的创作实践形式在某种程度可以解释近百年来美术史上出现的许多问题和现象。

杨延文的画是中国传统山水绘画在顺利延进的过程中突然出现的一座高峰，前不见古人，后不见来者。

对于自己的创作实践，杨延文如是说："我的中国画色彩，块面，构图借鉴了西方油画的词汇，但意境是中国的，比如《丞相祠堂柏森森》这一幅，在颜色的冷暖对比和整个构图的饱满上，都借鉴了西画绘风，但整体却是中国画的境界。另一幅作品《冰岛》画的是西方巨石借鉴了西方绘画的语言，然而另一主体——江水，却用了中国传统勾勒水的技巧。我崇尚活学活用，借助古人留给我们的思路是非常重要的，在这方面，我总结出一句话，延续是必须的，创造是根本的。"恪守艺道，不轻易誉人的吴冠中称许他，"杨延文像海绵善于吸收，又像一头猛兽善于进取。"我们正是经沿着这样的思路，去审视一下他的艺术追求在画面上的表现。

《院中秋》，红、黄、蓝三原色和

黑白关系的对比构筑了整个画面的有效空间，建立了院前、院中、院后三个层次关系。就选材而言，这里既有南方白墙黑瓦的水乡典型建筑意趣，也有北方农村的矮墙木栅栏，院前平坦的阔地用修拉式的点彩法进行处理，但是这里的点彩却是笔触分明的，显得沉着而扎实，院中，石砌的矮墙内，崎岖的方石直通庭院主房，金黄的树叶覆盖小院，三只鸡则徜徉于幽闲的院内，院后是层林尽染的秋山，整个画面透出勃勃的生机和一种人文的关怀。

《渔舟唱晚》是一幅山城夜境，水和岸构成画面空间，水上渔舟与山城灯光相映成趣，抽象色彩将斑斓的万家灯火尽情染出，丰富而谐谑，水面的波光倒影使原本静止的光色顿时热闹跳荡起来，着一"唱"字境界全出，古人用渔舟唱晚的词牌常写出凄婉的曲子，描绘失意萧瑟的颓废心境，这里杨延文却反其意而用之，活用"唱晚"之"唱"，唱出的是和平安详的夜曲，抒发的是东方文人的时代情感。

《风梳柳》在画面空间营造上，杨延文堪称最优秀的建筑师，他的大画是空间的拓展，大而不显其虚，小画可视为大空间的浓缩，小而不见其塞，在这幅画中柳的形象已被淡化出画面表现的范畴，只留下如云散烟去的绿色，微风过处，杨柳依依，其风姿于无声处翩然而至，画面上方的柳与画面下方的渔舟，桥，溪，山歌互答，生生地造出了一派景外之景，趣外之趣，意外之意。他扬弃的是中国画的皮，得到的是东方艺术的神韵。与其有异曲之妙的还有其《风习习柳依依》一幅。

在杨延文的众多作品中，《宫墙柳》是一幅内涵颇丰富的作品，虽然题款只是"在北京中轴线之六"的实景之作，画面简约，浓密的柳阴遮蔽着大红的宫墙，下部是墙基和小河，如果我们的感情仅仅停留在这里，那么这幅画也就失去了意义，也没有什么内涵可谈，但是作者又十分隐喻地以"宫墙柳"为题，使人陡然联想的是"满院春色宫墙柳"的凄切词意和陆唐的那段情案……嗨，画家总是用卓立独行的思维调拨着欣赏者的那根最脆弱的神经。高高的宫墙之内正上映着风流之雅韵，发古之幽思。如西方绘画之毕沙罗的《林中浴女》，马奈的《草地午餐》、《威尼斯大运河》，西斯莱的《阿尔让特伊的大道》、《塞夫勒道路一景》，莫奈的《嘉布遗会林荫大道》……是永不可企及和占一种高度。

吴冠中说"黄色何其美！"黄色既

为秋日丰收的盛色，又为生命与激情的颜色，《层林尽染》这幅天平山风景图中，杨延文把漫山红遍，层林尽染的意境赋于山林、小院、池塘，在空间摆布的结构意识，你看画面上池塘的护栏与小院墙基的关系处理，池塘左边的坡道和中间的留白把小院前的过道建立在画中所无、意中所有的境界里，实在是巧妙得很！杨延文笔下的空间结构永远是颇费猜测的神秘世界。天平山位于苏州城西，东山南麓之古枫林，为宋名臣范仲淹后人从福建带来，植于这祖莹之地，深秋时节，满山红叶若红霞缭绕，蔚为壮观。杨延文并非取红色为画面主色，而是在黄，蓝中染红色数点，避免了浮躁之气，枫红数点，境界全出……这种对审美意境和绘画精神的双重关照，是杨延文的文人情怀的写照。

我在他的画中越来越感觉到，一位卓然大家，能够拥有一种独立的绘画语言的审美体系，在他的背后必定不是单一的绘画因素使然，他必定包孕着多方面的艺术修养和超乎常人兼容精神。一个思想狭隘且不能与时俱进者是难以达到这样的高度的。杨延文的画是西方绘画艺术与东方传统艺术精神的中西合一的再造，从形象到印象再到意象，到心象，他的画首先在形式上暗合了人类生理本能的心理历程，他的艺术是中国传统山水绘画的极限状态的精神放怀。

他从田园走来……

——记获得国际金奖的画家杨延文

● 程礼瑛

　　中国画坛正在冉冉升起一颗新星，他日渐为海内外美术界所瞩目。

　　他努力将油画的浓郁引进中国的彩墨，用西画的块面结构表现中国画意境的深邃。他的画具有丰富多变的色彩、生动流畅的韵律，追求表现山水画的凝重、神韵、意境和节律的一体。他的作品成了沟通东西方艺术的又一座桥梁。

　　他，就是北京画院教授级画家杨延文。

在火焰山。（摄于2004年）

一

如果有人一脚踢开一座金矿，可谓传奇。杨延文荣获国际金奖，也带几分传奇色彩和偶然。但应该说，他是时代的幸运儿，正当他步入壮年，艺术日趋成熟之际，欣逢我国改革开放，为他的艺术走向世界创造了契机。

1983年是他绘画生涯的第一个里程碑。

意大利托斯卡那大州是欧洲文

艺复兴的策源地,地处该州的曼齐亚诺市,自1975年起每两年举行一届国际性美术展览。意大利原驻中国专家、曾任北京语言学院教授的毕扬齐夫人,将她私人收藏的杨延文的中国画《江村疏雨》选送入第五届曼齐亚诺美展。没有想到,这个汇集了80多个国家,870余件作品的大展,将它仅设的一枚金奖颁给了中国画家杨延文。

隆重的颁奖仪式在曼齐亚诺市政府厅举行,毕扬齐夫人代为领奖。夫人虽然离开中国已有17个年头,却非常怀念中国朋友,决定亲自将金奖送到北京。

中国美术家协会在北京饭店为杨延文举行授奖仪式。东二楼宴会厅内宾朋满座,美术界知名人士华君武、刘迅、黄胄、亚明、尹瘦石、庄言、潘洁兹等都来了。

人们十分兴奋。新中国诞生以来,中国绘画,如黄胄的《风雪之夜》等,虽曾在世界青年联欢节上获过金奖,但在真正的美术国际大赛中夺魁,尚属首次。大家为中国画登上世界艺术殿堂并独领风骚而自豪。

主持人请杨延文入座。这位身材瘦高,面目清癯,平日十分健谈的中年画家,此时却腼腆地拱手相让,退到靠边的一张桌旁坐了下来。

当杨延文从毕扬齐夫人手中接过刻着他的名字的纯金奖牌、获奖证书和曼齐亚诺市市长、艺术学院院长的亲笔贺信时,他心头更多升腾的是历史的责任感和"盛名之下,其实难当"的惶恐。一阵热烈的掌声欢迎他讲话,他质朴而真诚地说道:"老天爷给了我一个机会,使我步入新台阶。倘若今后我不能作出新贡献,那我是庸才,辜负了前辈的培养,大家的期望。"

回到自己的座位,他擦着额头沁出的汗珠,诙谐地说了一句似乎不合时宜的话:"我这是天上掉了个馅儿饼。"坐在旁边的黄胄先生马上极其认真地纠正:"哎,这可不是天上掉馅饼,这是一块真正的金牌!"杨延文明白,这是先生对他的鼓励、厚望。他告诫自己:决不可作昙花一现的人物,要紧紧地握住这次机遇,要让世界上更多的人赞赏中国的民族文化,也了解他,一个农民的儿子,新中国培养的艺术家……

二

1938年,杨延文出生在河北深县一个农民的家庭。从小下河摸鱼,上坡放牧,陶冶了他对大自然阴晴雨雪的敏锐能力和对山川河流深沉的情感。四年初小，他名列前茅，随后以全村第一名的成绩考入完小。父亲见这孩子有出息，想送他上北京二姨家念中学。那年正赶上华北平原发大水，京汉铁路中断，等二姨回信寄到时，离入学考试只有三天了。瓢泼大雨下个不停，父子俩顶着一片破席，步行200里赶到德州。13岁的杨延文就这样踏上了生活的旅途。

天公似乎有意捉弄第一次远离家门的杨延文。他从北京前门火车站下了车，换乘长途汽车去门头沟，偏偏在模式口又遇上山洪暴发。咆哮的洪水顺着山势奔腾而下，路面被冲出道道深沟，汽车无法行进，只得载着乘客返回前门火车站。就在这时，一个稚气的声音喊道："叔叔，我要下车！"全车男女老少惊异地望着这个穿着对襟小褂，身体瘦弱的农家娃。他只说了四个字："我走着去！"

在狂风暴雨中，小延文沿着铁路线穿过村庄，蹚过河水，步行几十里赶到二姨家。当他打着哆嗦，像落汤鸡似地出现在二姨面前时，二姨心痛地一把把他搂进怀里。第二天，他穿着嫂嫂宽大的列宁装和绣花带袢鞋，走进了考场。

杨延文顺利考进了永定河畔的北京九中分校（现大峪一中）。他学

习十分努力，但家里只有父亲一个劳动力，要养弟弟、妹妹和奶奶七口之家，供他上学实在困难。这情况被校方知道了。校长李欣华是李大钊烈士的小儿子，他喜爱这个聪慧用功，品学兼优的农家子弟，特地为小延文免去一切学杂费，并批准他享受国家一级助学金，每月8元交伙食，尚有5角钱零用。杨延文十分感激，他发愤苦读，三年仅回过一次家，年年被评为三好学生。

李校长当时尚无家眷，星期日常去永定河畔垂钓。他总是把延文带在身边，一个钓鱼，一个写生，日久天长，杨延文爱上了画画。美术老师邱正锦注意到小延文的才能，让他担任课外美术组组长，并用自己的工资为他买了颜料、画笔和纸，手把手教他写生作画。延文良好的艺术素质和感悟能力被唤发出来了。邱老师又把小延文的画送到日本、南斯拉夫、印度等国去参加国际儿童画比赛，结果两次获奖。延文受到很大鼓舞，从此习画更加用心。

初中毕业，邱老师指点杨延文去报考北京艺术师范学院预科。老师抚摸着延文那带补丁的衣裳，深情地说："你已长大，不要再拖累你父母了。艺师预科可以直接升入大学，而且国家管生活费。我敢断定，将来你在美术上是能够成功的……"

杨延文进城参加升学考试，就住在邱老师家里。师母待他如同自己的儿女，每天换着花样做好吃的，无微不至地照料他的生活。杨延文把这一切都深深地记在心中。1957年，他考入艺师预科不久，邱老师被打成右派，下放农场劳动。杨延文每月必去探望师母，给予老人许多安慰。1978年邱老师彻底平反回京时，杨延文专程前往庆贺，师生叙谈了整整一夜。

三

北京艺师预科为杨延文的绘画技巧打下了坚实的基础。进入大学后，他专修油画。

他仍然穿着补丁衣，带着农民的淳朴、憨厚和耿直，不善于待人处事。然而，他受到了师长们格外的关照和教导，其中最难忘的是吴冠中和赵域两位先生。

吴冠中先生教授基础课。他教学如他的创作，有胆识，有魄力，极其认真。学生有微小的进步，他马上热情鼓励，可是批评也毫不留情。有一天上静物习课，桌上摆的是蓝印花布、苹果和釉罐。杨延文把色彩及质感表现得淋漓尽致，吴先生当场表扬

说："杨延文画画，如60度白干，60度就是60度。"意思是醇厚不掺假，画西追求深刻。延文实践刀劈斧砍的西洋画法，吴先生很赞赏，并当场示范几笔，说应该这样，这样……。等先生离去，延文左右审视，觉得先生的画法和自己原来的画法不太协调，就把先生画的几笔刮掉，按自己原来的构思画下去。吴先生转回来一看，火了，责问道："为什么不好好领会我的画法，而把我画的刮掉？"延文不敢言语，事情就这样过去了。但第二天，两位年轻助教来找杨延文，说吴先生冷静下来后，他怕由此伤了延文的心，压抑了他艺术才华的发展，所以特地找了两位和延文较熟悉的青年教师来向延文解释。吴先生慈母般的钟爱和诲人不倦，坦诚无私，爱才若渴的精神使延文深受感动，他更加敬仰吴先生的品格，更加认真地听从吴先生的教导，坚持苦练基本功，一直到现在，师生仍经常一起切磋技艺。延文得国际金奖，吴先生为他撰文赞扬；延文出版画集，吴先生为之作序，两人保持着最亲密的关系。

赵域先生教写生和创作课。他曾是苏联绘画大师马克莫夫的学生，对东欧，尤其社会主义现实主义艺术方面造诣很深。赵先生教课细心，热情，常常手把手教，并亲自带领学生

外出写生，为学生定构图，修草图，量尺寸，直至创作完成。为指导杨延文的毕业创作，他两次带着杨延文到白洋淀深入生活，延文毕业创作的《雁翎队》获得最高分，也是赵先生悉心培养的结果。

赵先生本来希望延文能留在自己身边继续深造，但由于种种原因，延文被分配到酒仙桥第一中学任教。离校那天赵先生为延文叫了一辆出租汽车，帮助他把行李搬上车，一再嘱咐他到基层后要好好磨练自己，并希望他不管多忙，不要搁置画笔。先生语重心长地说："你是有能力搞创作的，以后我一定会想办法把你调到专业创作单位。"

延文到中学后工作努力，领导重视，但他常为自己不能专心画画而苦恼，不敢去见赵先生，赵先生却常托人带信，表达想念延文之情。待延文抽空到中央美术学院去看望老师时，已是1966年夏天，铺天盖地的大字报，不少是针对油画系主任赵域先生的。延文好不容易找到了楼群后面先生栖身的一间小平房，师生相见百感交集。赵先生愤怒地指着满墙红红绿绿的大字报说："一派胡言，我要反驳！"延文赶紧握住先生的手劝慰道："您千万不要反驳。您是系主任，中共党员，延安老干部，群众运

动嘛，有则改之，无则加勉，千万别楞顶。现在到处'文攻武卫'您得策略一些，免得皮肉受苦！"赵先生看着这个日渐成熟的学生，眼睛湿润了。

现在，赵域，邱正锦先生已先后作古，杨延文非常思念他们。他常问自己：吴冠中，赵域，李欣华，邱正锦……他们这样诚挚无私地对待一个农村来的穷学生，究竟为什么？多少年后，他从报上看到吴冠中先生文章中有这样的话："园丁辛勤耕耘，总希望他培育的苗圃的幼苗茁壮成长，期待着百花争艳，桃李芬芳的一天。"延文浑身热血沸腾。对社会主义祖国的挚爱之情，对恩师们的感激之意，化作了对艺术探索，拼搏的力量，他钻研的更加刻苦了。

四

中学任教期间，正值十年动乱，杨延文什么都干过。下乡劳动，挖防空洞，赴内蒙慰问知青，还先后教过政治，语文，历史，哲学等各种课程。这些经历使他有机会广泛接触各阶层群众，丰富了学识和思想修养，对他日后从事创作也十分有益。无论干什么工作，他都认真严肃，全力以赴。

1974年他担任"农业学大寨"东坝乡工作对副队长，大年三十夜，同事们都回家过年去了，他留在队部值班。没想到怀孕10个月的妻子杨宁玲要临产，邻居打来长途电话，他匆匆赶回城里，已近午夜，刚用平板车把妻子送到医院，孩子就呱呱坠地了。延文接来母亲侍侯妻子坐月子，自己在年初五就又回到东坝乡去工作。这一年，他光荣地加入了中国共产党。

对待本职工作，他勤勤恳恳，任劳任怨，然而内心深处仍向往着他的艺术世界。

宁玲是一位贤惠的女性，她理解丈夫。两人每月总共收入90元，还要养活五口之家。但宁玲总是安排一部分钱给延文买画布，颜料，并且主动承担起全部家务，让丈夫有更多的时间画画。

那时，全家住在大杂院中简易楼一间仅12.5平方米的房间里。为了让延文有个画画的地方，夫妇俩推着平板车满处捡碎砖，盖了间7平米的小屋——厨房兼画室。每天，宁玲做完饭后，灶具上搭块画板，延文便挥毫作画，小屋的灯光常常通宵达旦。

党的十一届三中全会之后，北京画院想调杨延文从事专职创作，但当时延文身兼数职，朝阳区教育局正准备把他培养成行政领导干部。教育局党委副书记陈并生和119中党支书记李静之却独具慧眼，对杨延文说："你是个画才，即使让你当上校长，也不如让你当画家。"所以，当北京画院来商调杨延文时，他毫不犹豫地交出了杨延文的人事档案，延文就这样顺利地进了北京画院。

五

已是中年的杨延文，人生感怀颇多，惆怅也多。半生的奋斗劳碌，学识丰厚，绘画技艺娴熟，正该是收获的黄金时节。他认为中国传统的绘画语言似乎更易于表达自己的情怀，毅然决定主攻中国画。

他把他的艺术之根深深扎入我国悠久的民族传统文化的沃土，又将根须伸展开来，广泛汲取西方绘画领域的精髓，丰富了自己的艺术语言。

他遵循先辈强调"读万卷书，行万里路"。经常深入山村边寨，不仅寻觅景观，更重要的是磨练意志，锻炼在复杂的环境中观察事物的能力，从平凡中提炼美。

1979年，他游三峡，去乐山，下泯江，归来所作《翠屏织锦》获建国30周年美展三等奖。1981年，他远游青海高原，从西宁到格尔木，从海

拔2500米，一步步艰难地登高。高山缺氧，头晕目眩，呼吸十分困难，但他把艺术生命看得比人的自然生命更珍贵，以"不入虎穴焉得虎子"的古语来勉励自己，终于登上了4500米雪线之上。他深入到藏胞的距帐篷中，和他们一起生活，为他们画速写，亲如一家。回京后，他创作了泼墨、泼彩的成名之作《丝绸古道》。在北京、东京展出，得到专家、群众一致的赞赏，现为中国美术馆收藏。

去西康写生，他爬到海拔4200米以上，因极度缺氧，晕倒在草地上达40分钟之久；去太行山区，他冒着大雨步行了四小时，找不到一口食物，只买了几个柿子吃，饿得头晕眼花。他总引用老子的一名话"为之有

末言"来勉励自己，他解释为：别人不做的我来做，别人不画的我来画。正因为我去的地方别人不去，才能创作出别人创作不出的作品。

读杨延文的画集，似可窥见他坚实的足迹，笔者不由得写下这样一首诗：

他从田园走来

剪一原野的朝霞

采一片山村的夕阳

摘一颗大自然变迁的精灵

捎一段吞吐宇宙的风云

给春插上碧绿透明的翅膀

给秋挂起金黄凝重的屏障

给古老的中国画坛添几许清醒的空气

使中华民族的艺术屹立于世界

文化之林。

他从田园走来

倾一片爱心，吐一片真诚……

六

杨延文成名了，记者们慕名而来，写出了一篇篇报道。一个夏日的傍晚，暴雨刚过，雨点还在淅淅沥沥，杨延文居住的大杂院里忽然响起了一个声音："杨延文住哪屋啊？"哟，是张百发副市长看望他来了！延文赶忙迎了出来。张百发像叙家常似地告诉延文："我从晚报上看到了一个叫杨延文的人，在七平方米的厨房里画出了国际金牌，就一直惦着来看。这不，刚开完会，就绕道儿来啦……"延文把张副市长及随行人员让进了他的居室，回答了许多关切的问话，张副市长点着头："住房是挤了点。"又风趣地问："你那画出金牌的小屋呢？"延文尴尬地说："您……还是别去了吧。"张百发坚持走了进去。那小屋建在院子低洼处，屋顶漏水，暴雨过后，地面已成了没过脚面的"水塘"，纸糊的顶棚一片片掉下来，搭拉在半空，餐具和画板都浸泡在污水中。

当延文挽着张百发，一跳一跳地越过满院积水，深一脚、浅一脚走出大杂院时，张副市长握住延文的手说："很快会想办法解决的。"

不久，经市委特批，杨延文搬进

了刘家窑四居室的单元房，工作、生活条件得到了很大改善。

又过了些天，方毅同志也看望延文来了。他们是在一次画展中相识的。方老喜爱延文的画，更厚爱画家的才，常常在人生哲理和艺术理论上给延文许多指点，两人成了忘年交。

杨延文从五楼迎下去，只见方老由秘书扶着，一步步艰难地往楼梯上走。延文赶忙搀住方老，说："哎哟，方老，您要找我，打个电话通知我，我去见您多好，您瞧，还让您受累……"秘书对延文耳语说："方老小腿骨折过，登楼梯是很费劲儿的，办公室在二楼都修了电梯供他上楼用……"方老挥挥手，阻止秘书说下去。他对延文说："小杨，我想你，就来了，来找你聊聊天。"进了居室，方老同延文的父亲握手问好，两位老人聊起了家常话。延文拿出一批近作，请方老指正，方老对画上题字作了许多论述，讲授了书法方面的理论，还兴致勃勃地挥毫作了一副对联：

花阴昼静闻莺语

院落春闲有燕泥

老前辈勉励延文淡泊功名利禄，只有在平和的心态和境界下从事创作才能画出好的作品。

杨延文没有辜负众人的厚望。

1985年，他作为特邀代表，出席了中国美术家协会第四次全国代表大会。

1987年6月，中国美术馆免费为杨延文举办《杨延文中国画展》，展出作品100幅，方毅同志为展览剪彩，并搀扶着李可染先生，一起看了三个小时。美展获得很大成功，《故垒风云》等十件作品为中国美术馆收藏，馆长刘开渠亲自为杨延文颁发了获奖证书。

1988年，杨延文访问美国，又在纽约举办个人画展并进行学术交流，出版了《杨延文近作选》，那以后，他又出访日本、新加坡、加拿大和香港、澳门等地，举办了个人画展，他的作品多次入选国际性美展，五种版本的《杨延文画集》已问世。1990年，香港大业公司又出版了他的画集的大型豪华本，黄苗子先生题字："清水出芙蓉，天然去雕饰。"台湾《雄狮》杂志1991年第4期评述道："这是对杨延文作品最贴切的形容，在他的画作中找不到人工雕琢的痕迹，只见天地匀融、怀幽思古之情。无论是江南烟雨，大漠苍茫，或是竹篱瓦舍，海上生涯，透过画家笔下，呈现出另一种新的艺术世界。"现在场延文的许多作品已为国内外博物馆和收藏家收藏。海外评论界认为，他是"当今画坛最有希望的画家之一"。"正逢创作旺盛期，如日之中天。"然而杨延文仍像初入画坛一样，把每一幅作品的创作都当作一次新的探索。作品完成后，他总怀着"丑媳妇难见公婆"的忐忑不安的心情，等待着人民群众的评判。

他从田园走来，正在走向世界艺术的殿堂。

1991 年

驰马天山。（摄于2004年8月）

杨延文这匹黑马

● 邵剑武

细读中外美术史，不难发现这样一个特殊而又普遍的现象：正统艺术在美术事业的运作过程中总是始集大成，继为僵局；所集大成的来头和所成僵局的突破，都有赖于非正统艺术家来完成。一部辉煌的人类美术史就是由这两部分艺术和艺术家构成的。

由此来审视我们面临的美术格局和预测未来美术运动的发展，让人觉得概莫能外。现在的问题是，我们熟视的美术史及其批评方法，总是有所偏颇。从形式上来说，他们不是倾向于前者，就是钟情于后者；而实际上，正统艺术的地位总是高高在上，非正统艺术总是处在从属地位——这种从属地位又常常体现为美术史家从正统艺术的生发角度来解释与判断非正统艺术的历史贡献。这样，非正统艺术的历史地位便被定格在这样一个坐标上：在运作过程中被人横加指责，在历史的评判中，被人明褒实贬。

笔者的上述议论生发于近日对大陆画家杨延文的思考中。

杨延文——一匹黑马

现在说杨延文是一匹黑马，对于读者，尤其是对于台、港及海外的读者来说，似乎有点事后卖乖之嫌。

杨延文自 1987 年进入北京画院任专业画师，特别是自 1983 年作品《江村疏雨》获意大利第五届曼齐亚诺国际美展第一名及金牌奖之后，不断地在香港等地曝光，展览不断，行情陡涨，声名雀起。但是，这匹黑马又是怎样的一匹黑马，我们如何从理论的角度来确定他的艺术的现实坐标以及如何来推测他的艺术的未来轨迹，却是一个尚未深究的命题。

杨延文是从正统艺术阵营中以非正统方式杀出来的一匹黑马。

杨延文 1963 年毕业于北京艺术学院，虽然他的老师是吴冠中，但是，他所接受的教育依然是正统的，写生是刻画，素描求结实，创作唯写实……循序渐进，一步一坑，何敢越雷池一步！即使是今天，杨延文出外写生，他依旧是以清晰而流畅的线条勾画对象，部分局部甚至到了描摹的地步。但是，就是这个孕育于正统艺术子宫中的胎儿曾几何时挣脱襁褓，"哇"的一声，脱颖而出，一惊四座。他首先把苦学多年的油画束之高阁，突入堡垒重重、戒备森严的中国山水画阵中，拳打脚踢，硬是挣夺来一席之地。继而又劲装一袭，云鹤一声，长鸣而出，成为正统艺术、千百年传统的叛臣逆子。他以色彩与墨色的重叠来代替古人千锤百炼的皴法程式，用流畅灵动的线条来描述心中的意象，或者说是描述心灵对物象的感悟，而不是用之来交代对象的体积与质感。抽象的表现包涵着具象的质量，造化的斑斓与意象的斑斓几不可分。

杨延文是从文化人阵营中以非文化方式，即商业性方式杀出来的一匹黑马。

也许是因为杨延文这几年来较多地烦心于外部世界的认可，也许是他这几年来较多地获取了市场的认可，甚至也许是他的《江村疏雨》首先是作为商品走出国门的，人们几乎忽视了他的作品《翠屏织屏》曾经参加"建国三十周年美展"，并获得三等奖；他先后有作品参加第六届、第七届全国美展；他的作品入选了1988、1989年摩纳哥蒙特卡罗现代艺术国际展、中日美术联展、美国克罗纳特博物馆主办的"现代中国画在美巡回展"等学术性展览。由此我们可以说，上述令一些画家自豪或羡慕的艺术经历被杨延文作品的商业性成功隐盖了，或者说杨延文作品具备的市场行情更为突出。这样，发生在杨延文身上的一些情况，得出了一个本来不能成立的结论：杨延文的成功方式是非文化方式。作为一个艺术家，特别是作为一个中国艺术家，用传统

的尺度来衡量商业性的方式是不可取的，无论你的作品有多高的艺术性。且不说郑板桥当年如何在传统文化范围内定位，也不说外部世界的艺术商业中所必须具备的艺术性内涵，就是从我们许多艺术家依然处在艺术探索为非艺术性因素干扰的尴尬境地，我们有理由认可杨延文的出脱方式是历史的必然。有趣的是，杨延文并不以此而面有愧色。更有趣的是，那些曾经不以为然的人们如今也在这条道路上有恃无恐地行进着。因此，我们就没有必要从理论的角度来论证杨延文以非文化方式冲破僵局的意义了。更何况，"存在就是合理"！

杨延文心中有一匹黑马

和杨延文有过接触的人，都知道他能"侃"，而且敢"侃"。真可以说是天赋口才，谈锋敢"侃"则因为他四十悟道、五十成名，在老而方盛、老而方可盛的中国画界可以说是"少年得志"。其实，真正的根本原因是他心中有一匹黑马！

去年夏天，笔者跟杨延文有过一次深谈，并作了一些记录，谨摘几段：

"我是从农村光屁股孩子长大的，我的个性是农村人，庄稼人的脾

气就是直来直去。

别人是用理论来说明、证实、补充自己的作品，而我却是以自己的作品来证实自己的理论。或者说，我要用嘴、而不是用自己的作品来宣传自己的理论。

我不大羡慕别人，不超过别人我就不舒服。有人问我：现在谁画得最好？我说：我！人又问我：未来谁画得最好？我说：我！

在生活中，我想无拘无束，但不容易做到；在艺术中，我不想无拘无束却做不到，我是一个激情型的艺术家。

永远和别人拧着，这是我的思想，也是我的性格。今天你说白，我就说黑；明天你说黑，我就说白。"

杨延文的上述"宣言"，可以用一个"狂"字来概括，却不能用一个"狂"字来解释。理论批评的品性就在于冷静。

杨延文的"狂"是历史使然。他的祖上虽然也风光过，但到他的上几辈，家道已然中落，靠种地维持生计。他是从农村闯进大城市的，他是靠自身的力量抢夺江山的，他完全有理由看不起那些家境优裕、家学渊博的公子哥儿。他自幼聪敏过人，悟性极高，他没有必要拿自己的前途，更不能抑制自己的创造力来迁就平庸之辈。如果因为他不善藏匿自己的优越、不善委屈自己而遭人指责，这决不是他的错，更不是他的悲剧。仰人鼻息过日子，在别人檐下躲风雨，决不是中华民族文化的精髓，而是糟粕。自然，如果没有风险，人人都想当黑马，可是，不冒风险，不敢冒天下之大不韪，何以成黑马！历史的选择从来就是严酷的。

杨延文的"狂"是时势使然。千百年日积月累的文化传统，精华和陋习相辅相成，密不可分，千丝万缕，层层叠叠，窒息人，毁人。没有拿石头打天的豪气，没有一股子狂劲，何以冲破！数十年非艺术铁蹄的野蛮践踏，人人自危、人人自卫的现实氛围于艺术到底是乐土、还是困境，有人以渗血的头额在前头开拓，自己在后头坐享其成，自然是怡然自得。可是，一旦你率先攀上高峰，先得一方蔚蓝的天空，先吸一口新鲜空气，他可却不是滋味，非在你脚下掏一个洞，让你一落千丈不可。这是怎样的一种心态！那些笑话别人有病的正人君子其实自己早已病入膏肓。

杨延文的"狂"是艺术使然，由"文如其人"推及"画如其人"，由"人品"论及"画品"，其间的逻辑关系被人为地强调了。这种强调，一方面是理论叙述的方便使然，一方面则是生活对艺术、特别是非艺术因素对艺术的驾驭需要使然。前者使艺术家追根溯源，得其所在；后者则使理论本身趋于简单化。正是如此，艺术家们被要求进入一个绝境：不张扬个性，便没有艺术创造；张扬了个性，便伤及一般社会学所要求的"做人"。所以，平庸的艺术家总是享尽春风，头角峥嵘的艺术家难免夭折。就个人气质而言，杨延文是一个真正的艺术家，一个敢为人先、而不怕遍体鳞伤的艺术家。所以如此，就在于他在多数情况下只服从于艺术的需要，只服从于创造的需要，而较少顾忌。

需要强调的是，杨延文的"狂"是有根据的。创作上的"狂"立足于对艺术语言的锤炼，对对象的深入感悟；思想上的"狂"立足于对生活的思考，对思考的审视。

在他的作品中，无论是自然风貌，还是都市风情，都突出一个"韵"字。而这个"韵"字又寄藉于他对对象敏锐的感悟和对这种感悟的独特表达，因而展示出强烈的个人风格。他喜欢用流畅的线条确定一定的块面，并由此确定块面与块面之间以及块面之外物象的构成关系，稠密而闪烁的色彩与浑厚而灵透的墨色相互渲染，相互渗透，相互晕化，创造出一个个意象天然但又别出心裁的境界。更值得推敲的是，杨延文近期的作品有意无意地表现出一定的过程感。这一方面是他在线条的运用上既着意于力度，又留意于速度。不仅通过短线之间或疾或徐、或轻或重、或光或毛之间的对比，而且，甚至主要是通过长线本身的运行变化来体现一种他人作品中不多见的过程感，从

而具有较大的张力。这种张力既是一种语感，也是一种美感。这便是杨延文所说的：艺术作品应有"未完成感"。他认为，艺术创作要做到常画常新，就必须在作品中留下一定的人所不明而自己心里有数的"遗憾"，完整没好画，好画不完整。从艺术发生学的角度来看，艺术就是释放，是释放的结果，更是释放的过程。因此，我们可以说，杨延文是一个明白的艺术家，是一个自觉的艺术家。

杨延文告诉笔者，他画画的时间远比思考的时间少。笔者问他，思考什么？答曰：上至天文地理，下至鸡毛蒜皮。他认为，表达自己的思想最捷近的就是最好的语言。所以他常以尖锐的词令让人下不来台。但这并不意味着他没有仔细推敲。我们甚至可以说，就是那些楞头楞脑的语言，才体现思想的锋芒，否则，何以一鸣惊人，何以刺刀见血。那些委婉的语气，那些体面的词令，那些四平八稳的观念到底是思想的成熟还是为人的成熟，这种成熟与平庸又有什么区别，与虚伪又有什么区别？

文化的陈腐就是因为文化太成熟！

社会的僵板就是因为社会太成熟！

历史的滞缓在一定程度上也可以说是因为历史太成熟！

文化的更新，社会的进化，历史的跃动，最需要的就是黑马奔涌！

然而黑马难得！黑马难为！

写到这里，我想起前不久自撰的一副对联："闲云野鹤无根水，世态人情管他娘。"虽然有些粗鄙，但却是忠诚的。想到此，我得出这样一个结论：人人心中都有一匹黑马，但很少有人使之脱缰而出。

1993年4月13日于问梅轩

飛騰奔躍樂乎焉仙鄉水雲當茗飲一寸

靈心就中尋紫雲洞境光山妙興罪蒙罪

煙雨滿湘正好春嘔調玉指肚

釣船歸江鄉春雨杏花飛霜鐘落墨峰

峰嶂黛盡雲迷又楓橋盤似詩鐙靜裏忍

泗寒山寺今來張繼後油眠邊雙調殷前奴

乙巳首夏出塵歸寓於□天風雨中辛題

楊炎文盦遺集　蕭勞半晉四

一剪梅
寄杨延文

性直更有谈锋健，
豁达生胆，
坦荡路宽。
无意有情容不乱。
是非自安，
通理自仙。

品高识广任独见，
山水不显，
潇洒无前。
色彩语汇画无限。
走了瞬间，
来了瞬间。

彭利铭摄　问天斋填词

名人相册

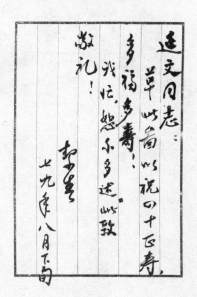

延文同志：
草此画以祝四十五寿，
多福多寿，
我忙，恕不多述。此致
敬礼！
　　　　郭××
　　　七九年八月下旬

七星岩三首

① 烟波雾海锁七星，隐岸远山人语声，同艺未必晴方好，画意尽在朦胧中。

② 赣州端州接梧城，尝岩更健银莲峰，濠江楼前道长路，不觉龙湾爱心同。

③ 玉云寺下补山亭，红亚树梢红亚红，尼姑和尚来相伴，道是天晴都有情。

杨延文

注：尼姑和尚为红亚树俗称，玉云寺在鼎湖上。

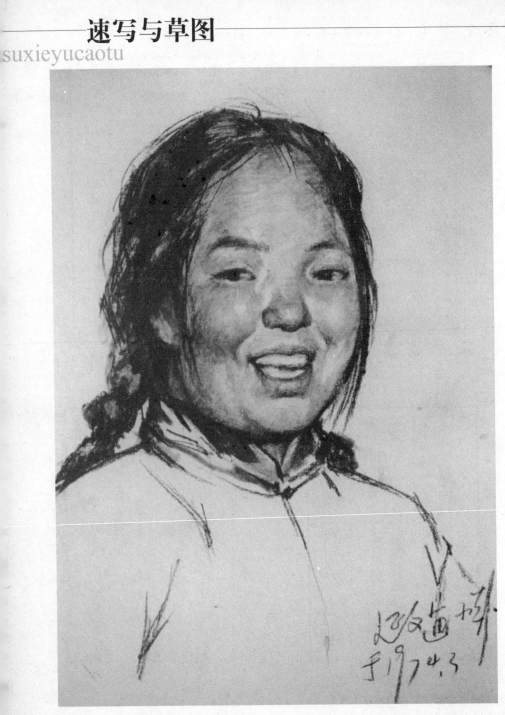

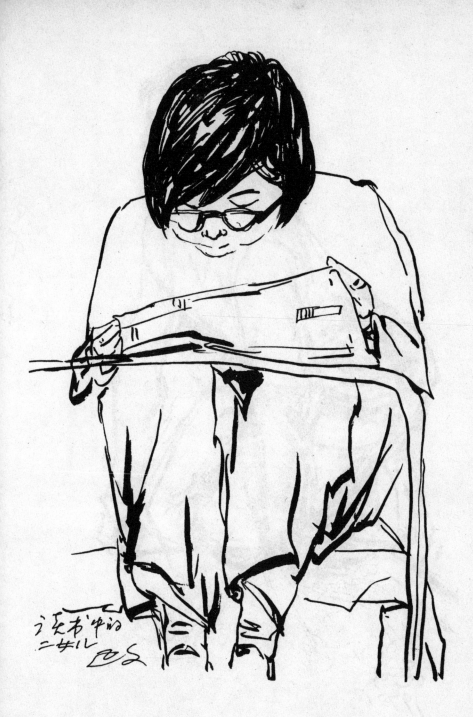

读书中的
二女儿

1972.12

292

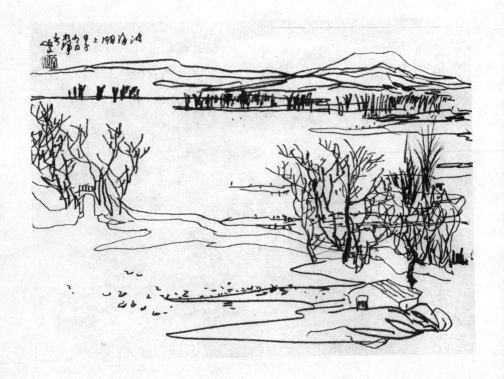

310

杨延文

- 杨延文生于 1938 年，河北深县人。
- 1963 年毕业于北京艺术学院吴冠中工作室。
- 现为北京画院艺委会主任、有突出贡献专家
  （享受国务院特殊津贴）、中国美协中国画艺
  委会委员、北京市艺术系列高级职称评委会
  副主任、中国美协理事、全国政协委员。

1987年在美术馆举办个展时接受美术馆授予的奖状。

- 1938年　农历7月24日生于河北深县柏树村一个农民家庭。
- 1947年　柏树村建立解放区小学，始入学识字。
- 1952年　考入深县二区祁家池完全小学。
- 1954年　小学毕业，只身赴京求学，就读于北京市第五十二中学（现为北京市门头沟大峪中学）。
- 1957年　考入北京艺术学院，先在预科部学习基础课程。
- 1959年　升入艺术学院油画专业第三工作室，师从吴冠中、赵域。
- 1963年　以优异成绩毕业，同年腊月育我成人的慈祥祖母辞世。
- 1965年　5月与妻子杨宁玲结婚。
- 1968年　长女杨穆出生。

与亚明老师在一起。

- 1970年　次女杨镝出生。
- 1973年　下放农村锻炼，同年油画"风雪草原育新人"参加北京市美展。
- 1974年　三女杨稷出生，同年加入中国共产党。
- 1975年　参加"艳阳天"连环画创作集体，同年该作品参加全国美展，并结集成册出版。
- 1978年　任北京画院专业画家，从油彩到墨彩，走上了现代中国画的创作道路；同年11月赴桂林写生。
- 1979年　游三峡，访乐山，下泯江，归来后所作《翠屏织锦》在北京市庆祝建国三十周年美展中获奖，受到鼓舞，坚信中国画的前途在于创新。
- 1980年　出席北京市第一届美术家代表大会和北京市文学艺术工作者第四次代表大会，

1988年在美国举办美展时与我国驻联合国副大使和驻纽约总领事及东方画廊经理刘振翼合影。

同时并吸收为中国美术家协会会员。

- 1981年　远游青海高原，浩渺的青海湖、苍茫的海西牧场、风云变幻的烟岚与雪域、神秘的塔尔寺，使画家领略了什么叫吞吐宇宙八荒。归来所作《丝绸古道》丈二巨幅，首次参加中日联展，并成了画家的成名之作，先后在中国美术馆、日本东京展出，并被中国美术馆收藏。同年创作的《井岗泉水》在北京市庆祝建党60年美展中获奖，并被北京市美术家协会收藏。

- 1982年　再次赴川，遍游九寨沟、卧龙及川北、川东，归来为京西宾馆创作九米巨幅山水《九寨飞瀑》至今仍被悬挂在主楼接见大厅。《广安翠竹——邓小平旧居》参加东方美术交流学会在中国美术馆展出，"红旅杂志"配文发表。同年在香港展出时被企业家以20万港元购藏。

1991年10月在香港万玉堂举办个展时王季千先生、
简志信先生专程从美国和台湾赶至香港出席开幕式。

- 1983年　《江村疏雨》参加意大利第五届曼齐亚诺国际美展，被评为第一名，荣获唯一
　　　　　的金牌奖，中国美协为此在北京饭店举行了隆重的发奖仪式，意大利著名记
　　　　　者专程进行了采访，华君武、刘迅、亚明、黄胄、尹瘦石、庄言、潘洁兹、官
　　　　　布等出席。同年作品参加了北京风光展。

- 1984年　《江河源》入选第六届全国美展。同年任北京画院艺委会委员，壁画工作室主
　　　　　任。为河南国际饭店创作了大型陶瓷壁画《嵩山待月》。

- 1985年　随北京市美术家代表团访问澳门，作为特邀代表，在济南出席了中国美术家
　　　　　协会第四次代表大会。湖南美术出版社出版了由李可染题签，吴冠中写序的
　　　　　《杨延文中国山水画集》。十幅作品参加了中国美术家协会在香港举办的当代
　　　　　中国画展。香港《美术家》以"从油画到中国画"为题进行了专题报导。

5月26日与时乐蒙、乔向、刘迅、梁召弟、
吴田之参观顾炎斌纪念馆（昆山）。

- 1986年 作品《西江月》参加了印度三年一度的世界美术大展、中日联展。同年深入
  太行山、庐山、石钟山、鄱阳湖写生。11月参加了苏州建城500周年庆祝活
  动，并游历了角直、周庄、同里及太湖，饱览了水乡风情，获益良多。

- 1987年 作品《满庭芳》第一次出现在香港佳士得拍卖会上并以4万元成交。6月在
  中国美术馆举办了杨延文画展，方毅、李可染、黄苗子、刘开渠、亚明、何
  海霞、华君武、刘迅、邵宇、吴印咸、吴作人等众多名家出席。10月参加瑞
  士巴塞尔国际美展。11月应香港荣宝斋画廊邀请访问香港。

- 1988年 获高级技术职称，评定为第一批国家一级美术师、教授。4月访问美国，并
  在东方画廊举办个展，在纽约市立大学东方学系作演讲。出版了《杨延文近
  作选》画集。同年参加了蒙特卡洛现代艺术国际展和在美国克罗拉多博物馆

在日本陪东京市副市长参观北京东京汉城友好展。　　　　　　和沈怀祖先生相谈甚欢。

举办的现代中国画巡展以及在中国画研究院举办的"中国国际水墨画"大展。

- 1989年　1月随中国美术家代表团访问澳门，并举办"北京风光"展。5月《侗家村寨》参加蒙特卡洛国际现代美术大展。9月访问香港，出席香港画斋和北京荣宝斋联合举办的《杨延文画展》开幕式，出版了《杨延文画集》。《渔火》参加了第七届全国美展。

- 1990年　4月访问日本，出席由荣宝斋在日本福冈举办的"杨延文"画展，并出版了《杨延文自选画集》。9月由香港大业公司出版了豪华大型画集《清水出芙蓉——杨延文画集》。10月当选为北京画院党委成员，开始参与画院的领导工作。12月赴新加坡访问，并在新加坡总商会嘉庚堂举办《中国一级画家杨延文画展》。

与胡洁青先生及女儿舒立在一起。

- 1991 年　　5 月在中国历史博物馆参加并参与组织由中国美术家协会主办的"吴冠中师
　　　　　　生画展"。10 月香港"万玉堂画廊"在香港交易广场画廊本部和新加坡莱佛
　　　　　　士中心同时举办《山川言志——杨延文画展》并出版豪华本画集《山川言志》，
　　　　　　被誉为"明日出墨"。

- 1992 年　　6 月应意大利广播电视公司之邀访问意大利，在一个月的时间里遍访意大利
　　　　　　众多美术馆和博物馆，并顺访了圣马利诺和凡蒂冈，文艺复兴时期的作品给
　　　　　　了画家极大启发。7 月三女儿杨稷到澳大利亚留学，经过苦读获国立新南威
　　　　　　尔大学金融硕士学位。8 月任中国美术家协会中国画艺术委员会委员。

- 1993 年　　香港"名家翰墨"第四期专题发表新华社邵剑武先生文章"杨延文这匹黑马"；
　　　　　　同时刊出"竹林七贤"等 10 幅作品。12 月"春风扬柳万千条"参加中国美协

与张百发副市长打台球。

举办的纪念毛主席诞辰 100 周年画展。同年河南美术出版社出版《山水画库
——杨延文卷》。

- 1994 年　创作《满园盛开金银花》作为北京市政府申奥代表团访问韩国赠金咏三总统
　　　　　礼品，并为张万发副市长赠前总统卢泰愚创作《劝君更进一杯酒》。10 月
　　　　　《枫桥》参加第八届全国美展。12 月油画《双鹅戏水》在深圳动庄拍卖行举
　　　　　办的冬季拍卖会上出现，并以 8 万港元成交，这是画家的油画作品第一次出
　　　　　现在拍卖会上。
- 1995 年　参加由新华通讯社和韩国经济新闻报在汉城举办的"现代中国画展"。
- 1996 年　6 月随中国美协艺委会代表团访问日本并出席"日中国际水墨画展"。
　　　　　11 月访问新加坡，并在新加坡兴义画廊举办"又见延文画展"。

1992年在威尼斯。

- 1999年 8月访问英国并在伦敦"当代画廊"举办画展。10月在日本大阪举办画展并
出席开幕，顺访日本队冬奥会会址。被评为享受国务院特殊津贴的画家。
《虎峪》参加文化部主办的"中国画、油画风景"展并任评委。同年代表北京
市政府出席在东京举办的"北京、汉城、东京友好城市美展"开幕式，并访
问日本。

- 1999年 1月参加中国美协主办的"跨世纪廿一人展"并在北京、济南等都巡展。3月
在广州嘉德华艺廊举办个展，出版"当代名家精品"画集。8月为中南海怀
仁堂休息厅创作完成八尺山水画《满园芳菲》。10月《兰岛之夜》获第十届
全国美展优秀奖。

- 2000年 出任北京画院艺术委员会主任，并出任北京市艺术系列高级职称评委会副主

1993年夏在黄山。

在德国科隆大教堂前。

任。《层林尽染》参加"百年中国画展"（中国美协主办）。9月访问冰岛，出席中国文化部展出公司和冰岛国家美术馆主办的当代中国画展。11月出席文化部组织的第一次全国画院工作会议。

- 2001年　全国画院双年展在西安举办并出席了在西安召开的全国美术工作会议。北京画院举办"绿风——关爱家园画展"和"远山在召唤——南召风光画展"。8月在庆祝建党80周年时被评为北京市宣传系统先进共产党员，受到表彰。

- 2002年　画院建院45周年，举办"大迎之门"画展轰动画坛。

- 2003年　当选第十届全国政协委员并在3月出席第一次全体会议。9月全国画院双年展在广州举行，任艺术委员会成员和评委。10月出席中国美协艺委年会，第二届全国中国画展在大连举行任评委。11月参加策划和组织"古都风韵——

1998年60岁寿日宋维良、张志国为我作寿时留影。

园林胜境"在美术馆展出，它是北京画院策划出台的一个重大系列展览项目，受到北京市委的支持和关注。12月出席第六届中国美协代表大会并当选为理事。

- 2004年　6月，第二届古都风韵展——故城巡梦在美术馆举行。7月入选全国政协分省美展北京地区代表画家之一。9月获文化部艺术研究院颁发的黄宾虹奖。中国画作品《蒋进酒》在瀚海秋季拍卖会上以人民币118万元的高价拍卖成交。

当代中国美

图书在版编目（ＣＩＰ）数据

当代中国美术家档案．杨延文卷/杨延文绘．—北京：
华艺出版社，2005.5
ISBN 7-80142-729-7 / E·384

Ⅰ．当... Ⅱ.杨... Ⅲ.中国画—作品集—中国—
现代 Ⅳ.J222.7

中国版本图书馆CIP数据核字（2005） 第039688号

家档案　杨延文　卷

出版人	鲍立衔
主编	郭怡孮
策划	晋　奕
执行主编	满维起
	晋　奕
责任编辑	曾　智
	王淑艳
编务	张晓媚
装帧设计	晋　奕
印务监管	李　伟
装帧制作	北京源升世纪工作室
图片电分	北京宇斌图文设计制作有限公司
出版发行	华艺出版社
地址	北京市北四环中路229号海泰大厦10层
电话	82885151
邮编	100083
E－mail	huayip@wip.sina.com
经销	新华书店
	北京三哲文化发展有限公司
印刷	北京玥实印刷有限公司
开本	635mm×965mm　1/16
字数	150千字
印张	20.5
印数	1－5000册
版次	2005 年 5 月第 1 版
印次	2005 年 5 月第 1 次印刷
书号	ISBN 7-80142-729-7/E·384
定价	66.00元